日本語学習者のための
日本研究シリーズ
Japan Studies for Japanese Learners
JS for JL

3

日本古典の花園を歩く

林 四郎
Hayashi Shiro

シリーズ編者＝砂川有里子／砂川裕一／アンドレイ・ベケシュ

Kurosio
くろしお出版

目次

第1章　光　5

一　赤光炎々《しゃっこうえんえん》と燃《も》え尽《つ》きたイザナミの生涯《しょうがい》　6

二　イザナミ、黄泉津大神《よもつおおかみ》となる　12

三　大いなる白光《びゃっこう》、天照大神《あまてらすおおみかみ》　18

四　かぐや姫《ひめ》を包《つつ》んだ満月《まんげつ》の光　26

五　『古今和歌集《こきんわかしゅう》』詩歌《しいか》の月光《げっこう》　34

六　芭蕉《ばしょう》・蕪村《ぶそん》の光表現　36

七　近代詩歌《きんだいしいか》の中の光　53

第2章　夢　77

一　章の初めに　78

二　信貴山縁起《しぎさんえんぎ》の物語　80

三　平清盛《たいらのきよもり》の見た夢　98

四　信貴山寺《しぎさんでら》が「朝護孫子寺《ちょうごそんしじ》」の名を得る　116
五　大安寺別当《だいあんじべっとう》の娘婿《むすめむこ》が見た奇妙《きみょう》な夢　121

第3章　流れ

137
一　章の初めに　138
二　『伊勢物語《いせものがたり》』で見る業平《なりひら》──歌の生涯《しょうがい》　138
三　若き業平《なりひら》、一途《いちず》の恋の冒険行《ぼうけんこう》　140
四　旅する業平《なりひら》　148
五　男の友情──惟喬親王《これたかしんのう》と業平《なりひら》　159
六　母の愛　170
七　辞世《じせい》の歌　172

はじめに

近年、大学や大学院など高等教育機関への留学生の増加と多様化にともない、日本語教育の現場はアカデミックな日本語能力を高める取り組みが求められています。また、海外では日本研究を専攻する大学生・大学院生が増加し、学術的な専門の文献を読み解く日本語読解能力と日本研究に関する基礎教育や関連する教養教育の必要性が高まってきています。

本シリーズは、日本の文化・社会への多様で高度な関心を持つ日本語学習者に日本語で書かれた専門書を提供し、彼らの専門的な文献を読み解く能力を養い、日本の文化・社会についての専門的な基礎知識を深め、教養の裾野を広げることを目的として編まれています。

執筆陣には、その分野に深く精通した専門家をお招きし、日本の文化・社会の様々な事象を掘り下げ、その内容を初学者に分かり易く噛み砕いて論じていただきました。また、日本語教育に長く携わってきた編集委員との慎重な協議を通じ、日本語学習者にとって理解しやすい平明な日本語を用いて文章が作成されています。専門用語や難解語句の解説欄を設け、難しい漢字にルビを付けたりした(※日本語能力試験N1レベル以上の漢字語彙)ほか、ビジュアルな要素を重視し、可能な限り写真や図版を掲載するようつとめました。

日本語学習者への配慮を十分にこころがけ、アカデミックな日本語力の増強を目指しながら、同時に専門的な水準を落とさず、日本研究の多様な世界への視野を切り拓く専門的なシリーズを目指しています。

日本とは異なる文化圏で育った外国人の学生にむけて書かれているため、自ずとその視点は相対化され、グローバルな観点から日本の文化・社会の諸事象を捉え直す試みになっています。それはまた、急速に国際化していく現代社会で活躍することを期待されている日本人の大学生にとっても、国際的な視点から見た日本の文化・社会研究の入門書として役立つものとなっています。
外国人・日本人を問わず、国際社会の中の日本文化・社会に関心を持ち、そこに関わっていこうとするすべての人に、類例のない参考書として、このシリーズを送り出したいと思います。

本シリーズ第3巻『日本古典の花園を歩く』は、筑波大学名誉教授、国立国語研究所名誉所員の林四郎氏に書き下ろしていただきました。林四郎氏は『基本文型の研究』『文の姿勢の研究』『文章論の基礎問題』など、日本語に関する著書を数多く世に出された著名な国語学者であり、『古今和歌集 四季の歌でたどる日本の一年』『古今和歌集 恋の歌が招く。歌々は想い、歌集は流れる。』というご著書では、古今和歌集の歌を現代の日常語で活き活きとよみがえらせていらっしゃいます。
『日本古典の花園を歩く』では、古事記の国生み神話から説き起こし、今昔物語、竹取物語、平家物語などの物語や、古今和歌集、伊勢物語、奥の細道などの詩歌を題材に、「光」「夢」「流れ」の情景とその情景の中に在る人間模様を描き出します。古典文学をこよなく愛し、深く味わうことを心から楽しむ林四郎氏の息づかいが行間から感じられることと思います。読者の皆さんもぜひご一緒に古典の花園散策をお楽しみ下さい。

二〇一六年 春 「日本研究シリーズ」編集委員

第1章

光

KEYWORDS

- □『古事記《こじき》』
- □ イザナギとイザナミ
- □ 天照大神《あまてらすおおみかみ》
- □『今昔物語《こんじゃくものがたり》』
- □『竹取物語《たけとりものがたり》』
- □ かぐや姫《ひめ》
- □『古今和歌集《こきんわかしゅう》』
- □ 松尾芭蕉《まつおばしょう》
- □ 与謝蕪村《よさのぶそん》
- □ 若山牧水《わかやまぼくすい》
- □ 夏目漱石《なつめそうせき》
- □ 長塚節《ながつかたかし》
- □ 斉藤茂吉《さいとうもきち》

一　赤光炎々《しゃっこうえんえん》と燃《も》え尽《つ》きたイザナミの生涯《しょうがい》

『古事記《こじき》(＊1)』の神話では、まず天地開闢《てんちかいびゃく》(＊2)の時に、天上界《てんじょうかい》である高天原《たかまがはら》(＊3)に

天之御中主神《あめのみなかぬしのかみ》
高御産巣日神《たかみむすびのかみ》
神産巣日神《かみむすびのかみ》

の三神が出現。続いて、高天原から見れば低くて不安定な国土の方に、

宇摩志阿斯訶備比古遅神《うましあしかびひこじのかみ》
天之常立神《あめのとこたちのかみ》

の二神が出現、高い所とやや低い所と合わせて五柱《いつはしら》(＊4)の神々がこの国に出現したのですが、この神々いずれも人間の目には見えない神たちで、これを『古事記』の筆者は「別天神《ことあまつかみ》」と呼んでいます。別格《べっかく》の天上神というわけです。このように見えない神々は、この後にも、

国之常立神《くにのとこたちのかみ》　一代《ひとよ》
豊雲野神《とよくもぬのかみ》　一代

の二神が生まれています。以上、五人の別天神と右の二神と合わせて七人の神々は、いずれも姿の見えない独身の神たちでした。神々は、この後にも続々と生まれます。十人

を書き並べますが、夫婦の神を合わせて「一代《ひとよ》」と数えますので、その名の後にそれを示します。

宇比地邇神《うひぢにのかみ》
妹須比智邇神《いもすひぢにのかみ》　一代
角杙神《つのぐひのかみ》
妹活杙神《いもいくぐひのかみ》　一代
意富斗能地神《おほとのぢのかみ》
妹六斗乃弁神《いもおほとのべのかみ》　一代
於母陀流神《おもだるのかみ》
妹阿夜訶志古泥神《いもあやかしこねのかみ》　一代
伊邪那岐神《いざなぎのかみ》
妹伊邪那美神《いもいざなみのかみ》　一代

以上、頭数《あたまかず》でいえば十二体の神々ですが、宇比地邇神《うひぢにのかみ》以後は夫婦の神で一組が一代ですから、十人五組を五代《いつよ》と数え、それに国之常立神《くにのとこたちのかみ》と豊雲野神《とよくもぬのかみ》の各一代とを合わせて、総じて、神世七代《かみよななよ》と呼んでいます。ですから、この国の創世《そうせ》の神々は、別天神《ことあまつかみ》の五体から神世七代の十二体まで合わせて十七体と数えられますが、そのうち、姿の見えぬ神々は、別天神《ことあまつかみ》の五体と国之常立神《くにのとこたちのかみ》・豊雲野神《とよくもぬのかみ》の二体、合わせて七体であったことになります。

さて、神世七代《かみよななよ》の最後が伊邪那岐神《いざなぎのかみ》（以下、イザナギ）と妹伊邪那美神《いもいざなみのかみ》（以下、イザナミ）の夫婦神《めおとがみ》です。そしてこの二人が、日本国土と日本人の生成という大変な大仕事をします。二人は、まだ形を成さぬドロドロ状態《じょうたい》から、人が住める国土というものを固めていき、今日《こんにち》の日本列島を生成しました。二人の国土生成作業を『古事記《こじき》』では「修理固成」と記し、「おさめかためなす」と読みます。この国土の修理固成を、『古事記』では「国を生む」と言っています。国土を作ることは、物質を混ぜたり練《ね》ったり固めたりして製造するのではなく、生ある者が生ある物を「生み出す」のだと考えているわけで、ここが大事なところです。そういう日本国の「国生み」が、イザナギとイザナミの夫婦神によって成されるのです。イザナギは、物作りの手順をよく知っている能吏《のうり》で、二人で国を生むとなれば、まず二人が結婚をしなければならないと考え、二人に子供を生むための器官・機能が備わっているかどうかを確かめ合いました。そして、生める二人だと確認し、「八尋殿《やひろどの》」という御殿《ごてん》を作り、そこで婚儀《こんぎ》を行いました。これを「みとのまぐわい」と言います。それをしてから日本列島の各島々を生みました。もちろん、一島一島を生むのに、それぞれ、「みとのまぐわい」をするのです。列島を生み終えた後、今度

□御殿《ごてん》
palatial residence
府邸
대궐

□能吏《のうり》
capable (officer)
能干的官吏
유능한 관리

□形《かたち》を成《な》さぬ
formless, shapeless
未成形
형태를 갖추지 않은

□婚儀《こんぎ》
wedding ceremony
婚礼
혼례

は神々を生むことになりますが、これは数が多くて、ここに記すのもなかなか大変です。『古事記《こじき》』原文の区分けに従《したが》って、一グループずつ列記するとこうなります。

1 大事忍男《おほことおしを》の神
2 石土毘古《いはつちびこ》の神
3 石巣比売《いはすひめ》の神
4 大戸日別《おほとひわけ》の神
5 天《あめ》の吹男《ふきを》の神
6 大屋毘古《おほやびこ》の神
7 風木津別《かざきつわけ》の忍男《おしを》の神
8 大綿津見《おほわたつみ》の神（海の神）
9 速秋津日子《はやあきつひこ》の神（水戸《みなと》の神）
10 妹速秋津比売《いもはやあきつひめ》の神

以上、十神。最後の二神は名前で分かる通り夫婦になる神で、その系統《けいとう》に、沫那芸《あわなぎ》の神と沫那美《あわなみ》の神、頬那芸《つらなぎ》の神と頬那美《つらなみ》の神、天《あめ》の水分《みくまり》の神と国《くに》の水分《みくまり》の神、天之久比奢《あめのくひざ》母智《もち》の神と国之久比奢母智の神の八神が生まれました。この後、風の神である志那都比古《しなつひこ》の神、木の神である久久能智《くくのち》の神、山の神である大山津見《おおやまつみ》の神、野の神である鹿屋野比売《かやのひめ》の神（別名、野椎《のづち》の神）と、四神が誕生しました。大山津見《おおやまつみ》の神と鹿屋野比売《かやのひめ》の神は山野の神なので、そこからは天之狭土《あめのさづち》の神と国之狭土《くにのさづち》の神、天之狭霧《あめのさぎり》の神と国之狭霧《くにのさぎり》の神、天之闇戸《あめのくらと》の神と国之闇戸《くにのくらと》の神、大戸惑子《おおとまといこ》の神と大戸惑女《おおとまとひめ》の神の八神が生まれました。

さあ、この後が最も難儀《なんぎ》な出産でした。

鳥《とり》の石楠船《いはくすぶね》の神（別名、天《あま》の鳥船《とりふね》）
大宜都比売《おほげつひめ》の神
火《ほ》の夜芸速男《やぎはやお》の神（別名一、火《ほ》の輝毘古《かがやびこ》の神、別名二、火《ほ》の迦具土《かぐつち》の神）

この三番目は火の神でしたから、この神を生むために母体は大火傷《やけど》をしました。それでも出産は終わらず母体の嘔吐物《おうとぶつ》から、

金山毘古《かなやまびこ》の神
金山毘売《かなやまびめ》の神

の夫婦二神が生まれ、さらに、母体の排出物《はいしゅつぶつ》からは

波邇夜須毘古《はにやすびこ》の神
波邇夜須毘売《はにやすびめ》の神

と、夫婦の二神。まだ終わらず、小便からは、

弥都波能女《みつはのめ》の神
和久産巣日《わくむすび》の神

の二神。さらにさらに、この和久産巣日《わくむすび》の神の子として、もう一人、

豊宇気毘売《とようけびめ》の神

を産みました。ここまで産んで、出産者イザナミの生命《いのち》は遂《つい》に尽《つ》きました。死因は火の

神である火《ほ》の夜芸速男《やぎはやお》の神を生んだ時の大火傷《やけど》ですが、この決定的火傷を負った後にもなお、母体は、上下の排出物《はいしゅつぶつ》から七体の神々を生み出して息絶えたのでした。何という壮烈《そうれつ》なイザナミの最後でしょう。こうして『古事記《こじき》』原文を何度もたどりつつこの稿《こう》を記していても、筆者、どうしても涙が出て来てしまいます。イザナミの最後のこの壮烈さは、その戦い方のすさまじさに尽《つ》きてまさに弁慶《べんけい》の立ち往生《おうじょう》（＊5）、いやその何倍ものものです。そして、最後に生んだ七体の神を見ると、そこには夫婦の神も二組含まれていますから、この七神は盛《さか》んな生産力を持って子孫を増やすことができる創造的《そうぞうてき》な七神であることが分かります。ただ死ぬのではなく、死の床にあっても生産力を生み残していったのですから、まさに新生の力に光り輝《かがや》く生命交替劇《せいめいこうたいげき》（＊6）であったことが分かるのです。偉《い》なるかなイザナミと言うほかありません。この生産的大往生《だいおうじょう》によって、イザナミの一生は、赤々《あかあか》と燃え輝いて後続者の道を照らす生命《いのち》の明かりとなりました。

夫イザナギは、まことに頭の切れる能吏《のうり》でした。この国の土台や人の住み家《か》、人の働く場所を構造的に用意する仕事を見事にやり遂《と》げました。特に、ハード面とソフト面（＊7）との接合法の開発が見事でした。男と女の体形の違いがボルトとナットだと確かめてから、まずは安心して合体できる場所「八尋殿《やひろどの》」の建設を始め、人作りのプログラムを用意しました。そして環境《かんきょう》作りの作業を自然環境から整《ととの》えていき、「物作り」「人作り」「環境

□ 頭《あたま》の切《き》れる
clearheaded
头脑敏锐
두뇌가 명석한

□ 偉《い》なるかな
awe inspiring
好伟大啊
위대한

□ 上下の排出物《はいしゅつぶつ》
regurgitation and excrement
呕吐物和排泄物
위아래 배출물 (구토와 배변)

□ たどる
to read carefully
推敲确认
더듬어 찾다

作り」というふうに方面を分けて生産体制を整《ととの》えました。そして、人作りの現場は、妻イザナミの生産力に委《ゆだ》ねたのでした。妻イザナミが、フル回転に次ぐフル回転で子どもを生んだ結果、将来この国を各省庁に分けて国家経営を進めていけるような体制が整いました。そして、人材を絶やさず増やしていく人的資源《じんてきしげん》を「さあ、ここまで来れば大丈夫《だいじょうぶ》。」という所まで生産した末に、「私の仕事はここまでです。」とばかりに、さっとこの世を去りました。何ともいさぎよい大往生《だいおうじょう》でした。イザナギとイザナミの合体行為《こうい》とイザナミの生産活動とで生まれた成果は、島が十四島と神が三十五体でした。

二　イザナミ、黄泉津大神《よもつおおかみ》となる

イザナギは、イザナミを失った悲しみに耐《た》えられず、亡くなったイザナミを求めて、その行った先である黄泉国《よみのくに》(*8)へと追っていきました。イザナミの遺体《いたい》を葬《ほうむ》った所は、出雲《いずも》の国(*9)と伯伎《ほうき》の国(*10)との境にある比婆《ひば》の山でしたから、イザナギは、そこから黄泉国《よみのくに》へ向かったと思われます。イザナギはそこに着きイザナミに会いました。イザナギは言いました。

「私たちの国生みと国作りはまだ終っていない。さあ、帰ろう。」

イザナミは答えます。

□ フル回転《かいてん》
with all one's strength
尽全力不停歇
풀가동

「残念。遅かったです。私はもうこの国のものを食べてしまいました。でも、私だって帰りたい。この国の神に交渉《こうしょう》して来ます。戻って来るまで、この館《やかた》の中に入って私を見てはいけませんよ。」

待っても待っても、戻って来ない妻イザナミ。イザナギは遂《つい》に禁《きん》を破《やぶ》って、館の中をのぞきました。すると、妻の遺体《いたい》には蛆虫《うじむし》がたかって、うようよドロドロしています。そして、頭には大雷《おおいかづち》、胸には黒雷《くろいかづち》、左手には若雷《わかいかづち》、右手には土雷《つちいかづち》、左足には鳴雷《なりいかづち》、右足には伏雷《ふしいかづち》と、恐ろしい形相《けっそう》の八雷神《はちらいしん》(*11)が睨《にら》んでいました。イザナギはいっぺんに勇気がくじけて、一目散《いちもくさん》に逃げ出しました。するとイザナミは「追いなさい。」と黄泉国《よみのくに》の女軍《めいくさ》にイザナギを追わせますが、それがどうも頼りにならない女軍たちで、逃げるイザナギが頭髪《とうはつ》につけていた「カヅラ(*12)」だの「クシ」だのを逃げながら投げつけると、それから生《は》えた「エビカヅラノミ(*13)」だの「タケノコ」だのを、むしゃむしゃ食ってしまうという有り様です。業《ごう》をにやしたイザナミ、遂に自ら追いかけます。真に火の玉になって。この時のイザナミの心はどんなものだったでしょうか。怒りでしょうか? 私はそうは思いません。「残念、情《なさけ》ない、こんな形で終わってはならない、このまま終わり、未来永《えい》劫《ごう》に会えないのではこれまでの生みの苦労がすべて水の泡《あわ》。そんなことってあるものか。何としても会わねばならぬ。」という気持ち。イザナミは真に火の玉でした。炎々《えんえん》と燃え

□ 水《みず》の泡《あわ》
a waste
白费
물거품

□ 業《ごう》をにやす
to grow impatient
着急
속을 태우다

□ 禁《きん》を破《やぶ》る
to break a promise/rule
破禁
금기를 깨다

る火の玉が走り、まさに手も届かんばかりの所に追い迫《せま》りました。黄泉比良坂《よもつひらさか》（＊14）の上と下に二人はいました。その時、何事でしょう。イザナギの火事場の馬鹿力《ばかぢから》が、千引《ちび》きの岩（＊15）を動かして坂の口をふさいだのです。岩が重いから動かせないのではありません。岩の上は生き身の人間たちの世界。ここでイザナミに新たな自覚が生まれました。「自分はもうこちらの世界の者。自分はもう、前のイザナミではない。代《よ》を変えたのだ。私はこの国の責任者、黄泉津大神《よもつおおかみ》だ。」と。そしてイザナミは言いました。

「愛《いと》しい私の旦那様《だんなさま》。あなたがそうなさるのなら、私は一日に千人の首を絞《し》めて殺しましょう。」

それに答えてイザナギが言いました。

「愛するわが妻の命《みこと》よ。あなたがそうするのなら、私は、一日に千五百の産屋《うぶや》を建てようぞ。」

これが二神の生死の別れでした。さて、これが『古事記』の記す二神生死の別れ方で、特に千引《ちび》きの岩を境界《きょうかい》にしての二人のやりとりは、原文での対話をできるだけ正確に現代語にして記しました。このような二人の別れ、あまりにも悲し過ぎるのではありませんか。ところで、かくも悲しい結末に終わった二人の別れにはどういう意味がこもっているのか、冷静になってもう一度よく考えてみる必要があります。まず、黄泉比良坂《よもつひらさか》で

□ かくも
such a ～
这样的
이렇게도

□ 産屋《うぶや》
birthing shed
接生屋
산실

□ 火事場《かじば》の馬鹿力《ばかぢから》
surge of strength in the face of danger
在绝境时爆发出的惊人力量
위급상황에서의 초월적인 힘

□ 手《て》も届《とど》かんばかりの所《ところ》
just within reach
手就要抓得住的地方
손이 닿을 만한 곳

のイザナギとイザナミが、千引《ちび》きの岩を境界《きょうかい》にして交わした言葉の意味を、もう一度よく考えてみましょう。イザナミの最後の宣言《せんげん》を原文の言葉でもう一度記しましょう。

愛《うつく》しき我が汝夫《なせ》の命《みこと》かくせば汝《いまし》の国の人草一日《ひとひ》に千頭《ちかしらくび》絞り殺さむ

この「一日《ひとひ》に千頭《ちかしらくび》絞り殺《ころ》さむ。」があまりにも強烈《きょうれつ》な響《ひび》きに聞こえるので、私たちはこれを、つい四谷怪談《よつやかいだん》のお岩さん(＊16)が言う「うらみ晴らさでおくべしや。(＊17)」のように思ってしまうのですが、この発言、果たしてそのようなものと理解していいのでしょうか。私はそれは違うと思います。この際、迷わず私の理解するところを私の言葉で言い表してみましょう。イザナミは言いました。

「ここは黄泉国《よみのくに》です。生きた人が来られる所ではありません。でも、あなたは私に会いたくて無理にも来て下さいました。私は嬉《うれ》しかった。お顔を見て無性《むしょう》に帰りたくなり、帰ろうと思いました。でも、それは無理なことです。無理なことをするのには時間がかかります。『待って。』と言いました。でもあなたは待てなかった。見られてはならない私の姿《すがた》をあなたは見た。事は破《やぶ》れて事態《じたい》は決定的となりました。でも、会いたいこの気持ちは出来ないことでもさせようとするのです。無我夢中《むがむちゅう》で跳《と》び起き、逃《のが》れ去るあなたを追いました。いやだいやだ、こんな別れはいやだ。どうしても来てくれたあの人を

□ 事《こと》は破《やぶ》れて
the plan failed
计划失败
일이 틀어지다

引き戻さなければならない。走って走って、もう少しで追いつきそうになった、その時、大きな岩が道をふさいだ。ああ、事は終わった。岩で道をふさいだのは、事もあろうにあなたでしたから。」

真っ暗になりました。一瞬《いっしゅん》、情《なさけ》なかった。でも、これで、私は正気《しょうき》に戻りました。

「二人で国を生み、国を作った。私も、国作り責任者の一人です。責任者としての行いを私は私として果たしました。その国での仕事が終わったからこちらの国に来たのです。こちらにこうして来た以上、私はここの責任者です。今日この日から、私は黄泉国《よみのくに》の主権者、黄泉津大神《よもつおおかみ》です。これからは、この国での仕事をしなければなりません。私たち夫婦が作った地上の国で人は絶えず生まれるでしょう。草が生えるように、青人草《あおひとぐさ》が生まれるでしょう。人が生まれるのは地上の国です。人がいきなり黄泉国《よみのくに》に生まれることはできません。必ず地上の国で青人草に生まれてから人生を生きて、死んで黄泉国《よみのくに》に来るのです。この黄泉比良坂《よもつひらさか》を通って。この坂は一方通行の坂です。地上の国から地下の国に籍を移すことはできますが反対はできません。私は黄泉国《よみのくに》の責任者として、移籍受け入れのルールを定めます。いいですか。私は、一日に一〇〇〇人の青人草を絞《くび》り殺して、こちらの国に移すことにします。」

こういう宣言を、坂の下からイザナミはしたのだと思います。これを聞き、やっと安

□ 事もあろうに
although there were alternatives
竟然，偏偏
하필이면

□ 青人草《あおひとぐさ》
people
民众
민초

全圏に入って胸なでおろしたイザナギが「ああ、そうかい。わかった。それなら私は、この国での青人草の生産を一日一五〇〇人として、毎日その数、産屋《うぶや》の用意をすることにしよう。」と、このような発言をしたのです。

ところで、その場でイザナミが言った「絞《くび》り殺す」ということば。これを恐るべき殺人鬼《さつじんき》のことばのように受け取ったら、それは違うと思います。彼女は全く事務的に黄泉津大神《よもつおおかみ》の職責上の宣言《せんげん》として淡々《たんたん》と言ったのです。移籍のために青人草《あおひとぐさ》の生命《いのち》は取らなくてはなりません。命を取るのは「殺す」こと。殺す際に、刃物《はもの》を用いて血を流すようなことはすべきでないので「絞り殺す」と言った、それだけのことです。

人間という生命体は、一個一個の生命体の生と死の連鎖《れんさ》によって保たれます。即《すなわ》ち、生ある者は死に、一方で新しい生命《いのち》が生まれるという連鎖です。そういう連鎖の形式がイザナギとイザナミのやりとりで定まりました。即ち、この国の人材供給の数値目標《もくひょう》が、イザナミの一日一〇〇〇人の絞り殺し宣言を基《もと》に、これに対処するための現実的国土建設責任者としてのイザナギの宣言があり、ここに日本国の「国の歩み」が始まったのでした。国土と人材の生みの親であったイザナミが、赤々と燃えさかって地上の生命を終えたのちに、生から死へ、死から生への連鎖形式の成立を見届けて、冥府《めいふ》の王に就任《しゅうにん》したその就任式が、黄泉比良坂《よもつひらさか》での二人の別れであったと思います。イザナミの物語はこ

□ 冥府《めいふ》の王《おう》
god of death
阎王
저승의 왕

れで終わりです。

三　大いなる白光《びゃっこう》、天照大神《あまてらすおおみかみ》

イザナミが偉大なる赤光《しゃっこう》を放ってこの世の生《せい》を終わり、黄泉比良坂《よもつひらさか》となって地下の世界を掌握《しょうあく》したところで『古事記《こじき》』劇場の第一幕が終わり、第二幕は天照大神《あまてらすおおみかみ》の誕生で始まります。黄泉国《よみのくに》から逃げ帰ったイザナギは、「吾《あ》は、いなしこめしこめき、穢《きたな》き国に到りてありけり。（いやあ、何ともけがらわしい、きたない国に行っていたのだなあ。）」と言って、そのけがれを洗い落とすために、筑紫《つくし》の国（＊18）、日向《ひむか》の橘《たちばな》の小門《おど》の阿波岐原《あはきばら》という所で、みそぎはらい（＊19）をしました。その場所の水の流れで、イザナギは身につけていた物や持っていた物を洗いました。それらの一つ一つから神々が生まれます。

（杖《つえ》から）衝立船戸神《つきたつふなどのかみ》
（帯《おび》から）道之長乳歯神《みちのながちはのかみ》
（嚢《ふくろ》から）時量師神《ときはがしのかみ》
（衣《けし》から）和豆良比能宇斯神《わづらひのうしのかみ》
（褌《はかま》から）道俣神《ちまたのかみ》

（左手の手纏《てまき》から）
奥疎神《おきさかるのかみ》
奥津那芸佐毘古神《おきつなぎさびこのかみ》
奥津甲斐弁羅神《おきつかひべらのかみ》

□ けがれ
impurity
污秽
더러움

（冠《かんむり》から）飽食之宇斯神《あきぐひのうしのかみ》

（右手の手纏《てまき》から）

辺疎神《へさかるのかみ》

辺津那芸佐毘古神《へつなぎさびこのかみ》

辺津甲斐弁羅神《へつかひべらのかみ》

以上、十二神は流れの上流で。次に中流では、

八十禍津日神《やそまがつひのかみ》

大禍津日神《おほまがつひのかみ》

以上二神は黄泉国《よみのくに》のけがれでできた神、つまり、けがれを身に負う神たち。以下が清《きよ》めのための神たち。

神直毘神《かむなおびのかみ》

大直毘神《おほなほびのかみ》

伊豆能売神《いづのめのかみ》　（全体としての清め）

底津綿津見神《そこつわたつみのかみ》

底筒之男命《そこつつのをのみこと》　（水底でのみそぎから）

中津綿津見神《なかつわたつみのかみ》

中筒之男命《なかつつのをのみこと》　（中ほどでのみそぎから）

上津綿津見神《かみつわたつみのかみ》

上筒之男命《かみつつのをのみこと》　（上部でのみそぎから）

□ 身《み》に負《お》う
to have/bear
身负
몸에 짊어지다

これらのうち、底津綿津見神《そこつわたつみのかみ》・中津綿津見神《なかつわたつみのかみ》・上津綿津見神《かみつわたつみのかみ》という三体の綿津見神《わたつみのかみ》は阿曇連《あづみのむらじ》の祖先神となり、底筒之男命《そこつつのをのみこと》・中筒之男命《なかつつのをのみこと》・上筒之男命《かみつつのをのみこと》の三柱は墨江三前大神《すみのえのみまえのおおかみ》です。こうしてまた沢山の神々が生まれましたが、これらはいわばマイナーな神々で、この後にビッグな三神が生まれました。

（左目を洗ったら）　天照大神《あまてらすおおみかみ》

（右目を洗ったら）　月読命《つくよみのみこと》

（鼻を洗ったら）　建速須佐之男命《たけはやすさのをのみこと》

家々の神棚《かみだな》に神を祀《まつ》るならまずは天照大神《あまてらすおおみかみ》。もっとにぎやかにするなら、三神を祀るということになります。天照大神《あまてらすおおみかみ》は女性神ですが日本を代表する神であり、皇室《こうしつ》の祖先神となりました。じかの弟、月読命《つくよみのみこと》は月の神。姉が太陽として昼輝《かがや》くのに対して弟は夜の光を担当します。そして、月が太陽と大いに違うところは一日一日と規則的に形を変えることで、この変化を人間が「読む」と「暦《こよみ》」を作ることができます。太陽が日の出と日の入りで「一日《いちにち》」を教えてくれることと、月の満《み》ち欠《か》けで「一月《ひとつき》」が分かることとを組み合わせると「日読《こよ》み」というタイムテーブルができるわけです。月を太陰《たいいん》と言いますから、暦は太陽の春夏秋冬循環《じゅんかん》を第一原理とする「太陽暦《たいようれき》」と、月の変化の循環を

□タイムテーブル
calendar
时间表
타임테이블

□じかの弟
younger brother (born next in line)
大弟
바로 아래 동생

第一原理とする「太陰暦《たいいんれき》」と二種類できるわけです。日本は、明治維新《めいじいしん》（＊20）によって、それまでの太陰暦から太陽暦《たいようれき》に移りました。

日本国土を修理固成《おさめかためな》した第一責任者であったイザナギが妻のイザナミを失って以後に、みそぎから得た三貴子《さんきし》のうち、長女天照大神《あまてらすおおみかみ》（以下、アマテラス）と長男月読命《つくよみのみこと》（以下、ツクヨミ）、そしてその後にできた二男《じなん》建速須佐之男命《たてはやすさのをのみこと》（以下、スサノヲ）とは何者でしょう。このスサノヲが大変扱《あつか》いにくい暴《あば》れ者でした。イザナギの鼻洗いから生まれただけあって、鼻息が荒いのです。心は決して悪くないのですがデリカシーが無いのです。良く言えば天真爛漫《てんしんらんまん》、悪く言えば粗暴《そぼう》、とにかく暴れまくりました。やたらに大声で号泣して天地を騒《さわ》がし、山野の草木や作物を吹き倒し枯らしてしまうかと思えば、むしゃくしゃすると手当たり次第に物を投げつけたりします。

ある日、アマテラスのそば近くにある機織《はたお》り場《ば》で織《お》り子が仕事をしていた時に、スサノヲが通りかかり、何のはずみかそこに居た馬一匹をつかんで投げつけたため、織《お》り子一人、打《う》ち所《どころ》が悪くて死んでしまいました。普段から弟の乱暴に手を焼いていたアマテラス、これには我慢《がまん》がならず、ふいと立って天《あま》の岩戸《いわと》（＊21）に入り込み戸を閉ざしてしまいました。太陽光が身を隠《かく》したからさあ大変、世の中が真っ暗になりました。アマテラスはいっこうに出て来ず、何日も経ちます。人々は仕事も手につかず、悪事はびこり無

☐ 手《て》を焼《や》いて
unable to handle
棘手
애먹다

☐ 我慢《がまん》がならず
unable to endure
难以容忍
참을 수 없어

☐ 何のはずみか
for reasons unknown
不知为什么
무슨 계기인지 알 수 없지만

☐ 機織《はたお》り場《ば》
loom factory
织布的地方
베짜는 곳

☐ 織《お》り子《こ》
weaver
织布者
베짜는 자

☐ むしゃくしゃする
to feel irritated
心烦意乱
기분이 언짢다

☐ 鼻息《はないき》が荒《あら》い
self-assertive
盛气凌人
기세가 당당한

☐ デリカシーが無い
lack sensitivity
不细腻
섬세함이 없다

政府状態《じょうたい》です。そこで責任者たちが相談し、アマテラスに出て来てもらう方法を考えました。何かイベントをやってわいわい騒《さわ》いでみようということになり、やんちゃな踊り子で定評《ていひょう》があった天宇受賣命《あめのうずめ》（以下、アメノウズメ）が選ばれて、できるだけにぎやかな馬鹿騒《ばかさわ》ぎをやってもらおうというわけです。知恵者《ちえしゃ》たちが集まり、にぎやかなバンドと八尺鏡《やたかがみ》（＊22）と力持ちの男、大さわぎする大衆《たいしゅう》を集めて用意が整《ととの》いました。さあ開始。アメノウズメ、大いに乗ってヌードショウ（＊23）が始まります。天の岩戸の前が急に騒がしくなり、人々、やんややんや（＊24）の大喝采《かっさい》です。この騒ぎがだんだん大きくなってくるので、「あれ？　何だこれは。この騒がしさ、笑い声。何だ？　これはただ事ではない。」と、少々不安になったのが岩戸の中のアマテラスです。岩戸を少し開《あ》けて「私がここにこもって、世の中真っ暗だというのに、この騒ぎは何事。」とがめた時、待ちかまえていた力持ちの手力男命《たぢからおのみこと》ががらりと岩戸を押しのけて、「さあ、お出まし下さい（出てきてください）。」と、アマテラスを連れ出してしまいました。それとともに、真っ暗だった世の中にパッと光が戻り地上が再び光明《こうみょう》の世界に戻りました。ヤミの世界から光の世界への急転換《きゅうてんかん》。そんな明るく嬉《うれ》しい体験を、この時国民が初めて体験したのでした。

さて、ずっと記してきた日本国土の生成に関する伝説上の経緯《いきさつ》、これを記している第一の書物は『古事記《こじき》』ですが、ここで一つ、以上のアマテラスの説話について、『古事

□ とがめる
to rebuke
责问
질책하다

□ 大喝采《だいかっさい》
to extol
大声喝彩
큰 갈채

□ 大いに乗《の》って
with great energy and enthusiasm
趁势
크게 신이 나서

□ ただ事ではない
unusual
非同小可
예삿일이 아니다

記』には記されていない興味《きょうみ》深い情報を提供《ていきょう》してくれる書物があります。『先代旧事紀《せんだいくじき》』(＊25)という書物です。この本では、この話の、このくだりを、『古事記《こじき》』よりワンフレーズ多いことばで叙述《じょじゅつ》しているのです。それを以下に記します。

天照大神従㆓天ノ窟㆒出テ坐ス之時高天原及葦原中國自得㆓証明㆒矣

當㆓斯《ソノ》之時㆒天初晴謂㆓阿波禮《アハレト》㆒言ハ天ノ晴也《ナリ》阿那於茂斯侶《アナオモシロ》古語《フルキコトハ》事之《コトノ》甚《ニヘサマニ》切《ココロニカナフヲ》皆稱㆓阿那㆒言《トイフ》

衆《モロ〳〵》ノ面《ヲモテ》明白《アカシ》阿那陀能斯《アナタノシト》言ハ伸《ノベテ》㆑手而舞今指㆓樂事㆒謂㆓之太乃之《タノシト》㆒此ノ意《ナリ》阿那佐夜憩《アナサヤケ》竹《タケ》ノ葉ノ

聲也飯憩《ヲケ》木名欤振㆓其《ソノ》葉ヲ㆒之詞也

天照大神《あまてらすおほみかみ》天窟《あまのいはや》従出坐時《よりいでますとき》に高天原《たかまがはら》及《およ》び葦原中國《あしはらのなかつくに》自《おのづか》ら照明《てりあきらか》なることを得《え》たり。斯時《そのとき》に當《あたり》て天初《あめはじめ》て晴《は》る。阿波禮《あはれ》と謂《い》ふ。言《いふこころ》は、天晴《あめはる》なり。阿那於茂斯侶《あなおもしろ》古語《ふるごと》に、事之《ことの》甚《にへさまに》切《ねごろ》に皆《みな》阿那《あな》と稱《かなふ》を言《い》ふ。衆《もろもろの》面《おもて》明白《あか》し。阿那陀能斯《あなたのし》と言《いふ》は手伸《てのべ》て舞《ま》ふ。今《いま》、樂事《たのしみごと》を指《さし》て之《これ》を太乃之《たのし》と謂《い》ふは此意《このこころ》なり。阿那佐夜憩《あなさやけ》竹葉聲《たけのはのこえ》なり。飫憩《をけ》木《き》の名《な》か其葉《そのは》を振《ふる》の詞《ことば》なり。

（天照大神《あまてらすおおみかみ》が天窟《あまのいわや》からお出でになった時に、高天原《たかまがはら》と葦原中国《あしはらのなかつくに》は自然に照り明るくなった。その時に天が初めて晴れた。「あはれ」という。その意味は「天晴《あめはる》」である。「あなおもしろ」は古語で、物事がはなはだしく、心から「あな」と声に出すことを言う。（その時）皆の顔が明るい状態になった。「あなたのし」というのは手を伸ばして舞う。今、楽しいことを指して「たのし（手伸し）」というの

□ くだり
a section
段
대목 (문장의 일부)

□ ワンフレーズ
a comment
一句话
한 구절

はこういう意味である。「あなさやけ」は竹の葉の音である。「をけ」は木の名であろうか、その葉を振る言葉である。)

とにかくここで面白いのは、この「面白」ということばの語源《ごげん》の解説です。アマテラスがスサノヲの乱暴を怒って天の岩戸にこもり、それで世の中が真っ暗になった。皆が心配して、何とか出て来てもらうために、アメノウズメにヌードショウを頼み、それで皆がどっと笑った。アマテラスがその騒《さわ》ぎにだまされて外に出てしまった。これで世の中がパッと明るくなったので、みんなが喜び、「アハレ、アナヲモシロ。アナタノシ。アナサヤケ、ヲケ。」と言ったということです。これを解説すると「「ヲモシロ(オモシロ)」とは「衆面明白《しゅうめんめいはく》」ということ。みんなの面《おも》が光に照らされて、明るく白くなったから「面白《おもしろ》」なのだ。そして、そのように世の中が光を回復できて皆が喜び楽しんでいる、その心の有り様が「面白い」なのだ」と説明しているわけです。闇《やみ》の中に居て真っ暗だった人々の顔面が、世の中の光の回復によって急にパッと「明白」になり心も楽しくなった。それが「面、白い」なのだという説明です。語源の説明として本当にこれを受け入れていいのかどうか、私には分かりませんが一応筋《いちおうすじ》の通《とお》る話だとは思います。太陽は、地球から見れば無限なほど大きくて超高熱な天体ですから、太陽そのものを研究したら、無限の発見がなされるでしょうが、私たちが地球の表面に居て日々を暮らす日常感覚で

□ 筋《すじ》の通《とお》る
logical
符合条理
이치에 맞다

言えば、

(1)太陽の「日の出」「日の入り」で、一日という単位時間がわかる。

(2)一日一日に月の変化を加えると「一月《ひとつき》」がわかり、暑い月も寒い月もあり、その間に「暖かい月」や「涼しい月」があることから春夏秋冬という。変わりながらのつながり、つながりながらの変わりをたどることができ、それで「一年」という、とても大切な時間単位のあることがわかる。

(3)「暑い」と「寒い」、「暖かい」と「涼しい」。この暑さ寒さの感じは、いったいどこから来るのか。太陽に接していれば暖かいし、それが無ければ涼しくなり寒くなる。そのことから、私たちが太陽から暖かさをもらっていることがわかる。即《すなわ》ち、太陽のおかげで人間も動植物も生きているのだと知る。

(4)この暑さ寒さ、暖かさ涼しさというものはある程度は続き、ある程度継続《けいぞく》した後には漸次的《ぜんじてき》に変化するが、変化は螺旋状《らせんじょう》に進行することが必要で、寒暖冷温《かんだんれいおん》の変化のくり返しは順序《じゅんじょ》よく行われなければならない。そういう順序づけは、人間がどうもがいてもそれを管理することができず、太陽が地球に対して絶対に狂《くる》わぬ運行システムで動いていてくれることで保障《ほしょう》されている。太陽が光と温度をくれていること、その光度・温度の規則的持続と変化を保っていてくれること、この二つが人間の存

□ 漸時的《ぜんじてき》
gradually
渐渐地
점차

□ 螺旋状《らせんじょう》
spiral
螺旋式
나선상

在を保たせてくれている。即《すなわ》ち、私たちは太陽あっての存在物であること。

とりあえず以上の四箇条《よんかじょう》は、太陽に対して私たちが持っていなくてはいけない根本的《こんぽんてき》な認識事項《にんしきじこう》です。そして、日本神話に即《そく》して言えば天照大神《あまてらすおおみかみ》は、そういう太陽を人格的に背負《せお》った神だということになります。『古事記《こじき》』の中でアマテラスは、岩戸隠《いわとがく》れ以外には、あまり事件的事績《じせき》を持っていません。むしろ極《きわ》めてあっさりと記されています。弟のスサノヲが大暴れして事件ばかり起こすという大きな迷惑《めいわく》存在であったのとはまさに対照的な存在です。そこがこの天照大神の日本的太陽表現である理由なのでしょう。太陽の明るさの中で昼の仕事をし、太陽の無い夜を寝て過ごす。日が上ってから起き、太陽光の下で働く生活をする私たちは、日中、日の高い間は頭上の太陽の存在をほとんど意識しません。紫外線《しがいせん》を恐れて日光浴《にっこうよく》などしなくなった現代人はなおさらです。このような太陽に対して意識が平坦《へいたん》であることは、太陽存在への忘恩行為《ぼうおんこうい》なのでしょうか。いや、別にそんなことではなくて太陽光の下に安住して暮らす者の、それが自然の姿《すがた》なのだと思います。

四　かぐや姫《ひめ》を包《つつ》んだ満月《まんげつ》の光

「光」をテーマとした古典作品の二番目に挙げたい作品は、かぐや姫（＊26）の『竹取物語《たけとりものがたり》（＊27）』

□ 意識《いしき》が平坦《へいたん》
be barely conscious of ～ ,
not take special notice of ～
没有特别意识
특별히 의식하지 않음

□ 忘恩行為《ぼうおんこうい》
ungratefulness
忘恩行为
은혜를 잊는 행위

です。この物語が光の文学としてどんな意味を持っているか、それは同様の説話《せつわ》を伝えるもう一つの書物『今昔物語《こんじゃくものがたり》』(＊28)巻《まき》第三十一に見える「竹取翁見付女児養語第卅三《たけとりのおきなおんなのちごをみつけてやしなうものがたりだいさんじゅうさん》」と比べながら見るとよく分かるのです。これは決して話の面白さや作品の優劣《ゆうれつ》を比較《ひかく》するのではありません。どちらも面白くて有意義《ゆういぎ》な作品です。どちらにしても、この話はあまりにも有名ですからここで改めてストーリーは語らず、両作品の話運《はなしはこ》びの違いが分かるように、要点の比較《ひかく》をしてみましょう。

かぐや姫《ひめ》に求婚しようと近づく男性は、『竹取物語《たけとりものがたり》』では名を明記する五人ですが、『今昔物語《こんじゃくものがたり》』では名を明記しない三人です。それも、初めには「空に鳴る雷《いかづち》を捕えてゐて來《きた》れ。…(空に鳴るいかづちを捕えてつれて来て)」、次には「優曇華《うどんげ》といふ花ありけり。それを取りて持《も》て來れ。…(優曇華という花があった。それを取って持って来て。)」、後には「打たぬに鳴る皷《つづみ》といふ物あり。それを取り得させたらむ折《お》りに、自ら聞こえむ(打たずに鳴る鼓という物がある。それを取って、与えてくれた時に、自分から申し上げよう。)」などと、どれも不可能にきまっている課題を出して相手にせず、さっさと追い払ってしまいます。『竹取物語』での五人の求婚者《きゅうこんしゃ》はどうでしょう。例えば、第一の男子「石作皇子《いしづくりのみこ》」は、天竺《てんじく》(＊29)にある「仏《ほとけ》の御石《みいし》の鉢」を持って来なさいという課題に答えられるはずがないので、天竺に旅立ったと人には告げて三年間身を隠《かく》します。

□ 身《み》を隠《かく》す
to hide
隐蔽起来
몸을 감추다

□ 話運《はなしはこ》び
narrative's flow
展开方式
이야기의 진행방식

大和国十市郡《やまとのくにといちのこおり》（＊30）の山寺にあるまっ黒に煤《すす》のついた鉢を持ち、歌を添えて「これです。」と差し出しましたが、全く問題にされなかったというような調子で、五人の失敗談《しっぱいだん》が語られ、つまり皆、落第《らくだい》してしまいます。そして、最後には「帝《みかど》」のお出ましとなります。その帝にも姫《ひめ》がなびかない点はどちらの物語でも同じですが、この段階での姫の振る舞いにおいては、『今昔物語《こんじゃくものがたり》』と『竹取物語《たけとりものがたり》』とで大きな違《ちが》いが出てきます。まず『今昔物語』ではこうです。自分にどうしてもなびかないかぐや姫に帝が、

汝されば何者ぞ。鬼か神か。

（あなたは何者なのだ。鬼か神か。）

と問うのに姫は答えて言います。

おのれ鬼にもあらず、神にもあらず。但しおのれをば、只今空《そら》より人来て迎ふべきなり。天皇速かに返らせたまひね。

（私は鬼でも神でもありません。ただ間もなく空から迎えの人が来て、私は行かなければなりません。どうぞお早くお帰りください。）

帝、これにはあきれて、「そんな馬鹿ことがあるものか、これは逃げるためのとっさの作りごとなのだろう」と思っていると何と、

□ 煤《すす》
soot
灰尘
그을음

□ お出まし
appearance
出现
행차

□ なびく
to yield, to bend
屈从
굴복하다

□ とっさの作りごと
a lie which is made on the spot
权宜之计
순간적으로 꾸며낸 일

とばかりありて空より多くの人来て輿《こし》を持《も》て来てこの女を乗せて空に昇りにけり。その迎へに来れる人の姿、この世の人にも似ざりけり。

（しばらくして、空からたくさんの人が来た。輿《こし》を持ってきて、この女を乗せて空に昇《のぼ》った。その迎えにきた人の姿《すがた》は、この世の人の姿とは違っていた。）

ということで、帝《みかど》も「これは只人《ただびと》ではなかった」と呆《あき》れて諦《あきら》めたのでした。つまり、男たちはどうにも姫に近づけなかったという話というアッケラカンとした終わり方で、これが『今昔物語《こんじゃくものがたり》』のさばさばした味わいです。

さて、『竹取物語《たけとりものがたり》』の方はどうでしょう。これからが大変です。貴族《きぞく》たちや帝の求婚とその失敗の騒《さわ》ぎが収まってから三年ほど過ぎた年の春の初めから、姫は、月を見ては、何やら物思《ものおも》いにふける様子です。それが、七月十五夜《じゅうごや》（＊31）の満月からは特に顕著《けんちょ》になり、いよいよ八月十五日の夜となりました。真ん丸な月が昇ってからは、もう姫の涙はどうにもおさまりません。両親の切なる問いに答えて姫が言いました。

「実は私は、この国の人ではありません。月の都の人です。そして今日こそは、私の帰国の日なのです。今夜の満月とともに、あの国から迎えの人々が参ります。今日が、皆さんとのお別れの日です。」

□ 切《せつ》なる問《と》い
eager inquires
恳切的询问
간절한 물음

□ 物思《ものおも》いにふける
be lost in thought
忧虑重重
생각에 잠기다

□ 只人《ただびと》
common person
普通人
보통 사람

□ アッケラカンとした
perfunctory
灰心失意
흐지부지하다

□ 輿《こし》
palanquin
轿子
가마

さあ大変。朝廷《ちょうてい》から二千人の兵士《へいし》が遣《つか》わされ、家の内外、屋根の上、塀《へい》の上、ぎっしり固めて水ももらさぬ警戒《けいかい》です。物語は、次のように記しています。

かかる程によゐ《(ひ)》うち過ぎて、子の刻ばかりに、家のあたり晝の明《あか》さにも過ぎて光りたり。望月のあかさを十あはせたるばかりにて、ある人の毛の孔さへ見ゆるほどなり。大空《ぞら》より、人、雲に乗りて、下《お》り来《き》て、土《つち》より五尺ばかりあがりたるほどに立ち連ねたり。これを見て、内なる人の心ども、物におそはるるやうにて、あひ戦《たたか》はん《(む)》心もなかりけり。

(こうしているうちに、夜も過ぎ、子《ね》の刻《こく》(深夜0時)頃に、家の辺りが昼よりも明るく輝いた。満月の明るさを十合わせたくらいで、人の毛穴さえも見えるほどだ。大空より人が雲に乗って下りて来て、地面から五尺(約1.5メートル)程度上ったところに立ち並んでいた。これを見て、地上にいる人々の心は物《もの》の怪《け》に襲《おそ》われたようで、戦う気が無くなってしまった。)

という体《てい》たらくで、地上の人間は全く手も足も出ません。その時、地上の人間は月からの光に射《い》すくめられて、金縛《かなしば》り(*32)に陥《おちい》ったのでした。天人《てんにん》たちはさっさと事を運びます。

姫《ひめ》の親である翁《おきな》に天人が言いました。

「あなたがなにがしかの功徳《くどく》を作ったから、ご褒美《ほうび》にしばらくの間、姫をあなたにあずけて養育費《よういくひ》も十分な額《がく》を送金した。そしていよいよ姫を呼び戻す時が来たからこうして迎えに来たのだ。何のかの言わないでさっさと姫を渡しなさい。「さあ、かぐや姫、いつま

□ 何のかの言わないで
without complaining
别啰嗦
아무말 말고

□ なにがしかの
for some reason
某种,某些
뭔가

□ 射《い》すくめられ
be intimidated
被盯住动弹不了
움츠러들어

□ 体《てい》たらく
miserable state
狼狈
몰골

□ 水ももらさぬ
closely guarded
水泄不通
물샐 틈 없는

□ 功徳《くどく》を作《つく》る
to do a good deed
行功德
공덕을 만들다

□ 天人《てんにん》
heavenly being
天仙
천상계 사람

□ 手も足も出ない
be absolutely helpless
束手无策
꼼짝 못하다

でそんなきたない所に居るのですか。さっさと、こちらに来なさい。」」

翁《おきな》、泣いても騒《さわ》いでも口説《くど》いてもなすすべも無くどうにもなりません。どんどん事が運ばれて、姫《ひめ》は天人《てんにん》たちと共に月の世界へ戻っていくのですが、その前に、姫は地上の人間への義理《ぎり》は一つも欠くこと無く、関係者に文《ふみ》を記し、歌を詠《よ》み、記念の品を残すなど、するだけのことをきちんとして昇天《しょうてん》して行きました。実に立派《りっぱ》な別れ際《ぎわ》でした。

『竹取物語《たけとりものがたり》』のこの最終場面は、実に意味深長《いみしんちょう》に良く描《えが》かれていると、この度《たび》筆者は大変感心して読み直しました。特に感じた点を二つ挙《あ》げて述べてみます。

(1)ここでは、かぐや姫が単なるお伽話《とぎばなし》のお姫様でなく大変思慮深《しりょぶか》く考え、用意周到《よういしゅうとう》に行動する見事な完全人格であること。

(2)月の光が、私たちが鑑賞《かんしょう》する名月の域《いき》を超えて、私たちを憧《あこが》れの月世界へと案内し、上位次元《じょういじげん》(*33)でなされるべき魂《たましい》の浄化《じょうか》作用にまで導いて行く、天上界の光になっていること。

この二点です。そして先に述べた『竹取物語』の月光論をもう少しくだいて現代的に言うと、この夜の月光はただの月光ではなく、私たちがまだ接したことも考えたことすらも無かった異空間《いくうかん》、異次元《いじげん》の世界での超越的《ちょうえつてき》な光になっています。そして、かぐや姫が唯一《ゆいいつ》、この異次元世界に触れることのできる異星人《いせいじん》であったのです。そういう着眼《ちゃくがん》で

☐ 異星人《いせいじん》
extraterrestrial
外星人
외계인

☐ 義理《ぎり》は一《ひと》つも欠《か》くこと無く
not fail in one's duties
面面俱到地尽情义
의리에 어긋남 없이

☐ なすすべも無く
be unable to do anything
无能为力
어찌할 도리가 없어

☐ 昇天《しょうてん》
ascend to the heavens
升天
승천

この物語を見るとかぐや姫と『竹取物語《たけとりものがたり》』が本当に生きてきます。そこが私は面白くてたまりません。『竹取物語』は全く驚《おどろ》いてしまう「未知《みち》との遭遇《そうぐう》」説話なのです。

ここでもう一度、『今昔物語《こんじゃくものがたり》』に戻り、そこでの「かぐや姫」ならぬ不思議な昇天《しょうてん》女性について言うべきことを付け加えます。『今昔物語』の著者は、この女性に「かぐや姫」はおろか何の名も与えず終始《しゅうし》ただ「女」とだけ記しています。多分、伝説上、この女性に名が無かったのでしょう。彼女は本当に謎《なぞ》に満ちた女性です。女は帝の妻問《つまど》いを断って「本当は、私は人間ではない身ですので。」と言います。帝が「それでは何者なのだ。鬼なのか、神なのか」と問うと、「わたくしは、鬼でも神でもありません。この私を、間もなく空から人が迎えにくるのです。どうぞお早くお帰りください。」と、実に明晰《めいせき》な答えをします。帝はあきれてことばもありません。以下に原文。

只今空より人来て迎ふべきにあらず。これはただわがいふことを辞《いな》びむとていふなめりと思ひたまひけるほどに、とばかりありて空より多くの人来て、輿《こし》を持て来てこの女を乗せて空に昇りにけり。その迎へに来れる人の姿、この世の人にも似ざりけり。

（いますぐ空から人が来て迎えにくるはずはない。これはただ、私の言うことを断ろうとして言ったのだと思っていると、しばらくして、空からたくさんの人が来た。輿《こし》を持ってきて、この女を乗せて空に昇った。その迎えにきた人の姿は、この世の人の姿とは違っていた。）

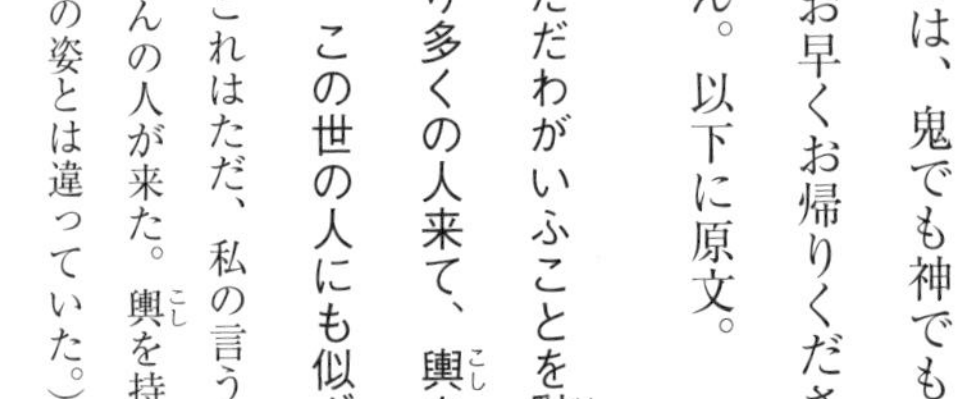

月へ帰って行くかぐや姫

□ 妻問《つまど》い
a proposal
求婚
구혼

□ ～ならぬ
not
不是
~가 아닌

このずばり的確な叙事描写《じょじびょうしゃ》は呆《あき》れるばかり。『今昔物語《こんじゃくものがたり》』では月も出てこず、ただ、空から迎えが来て空へ去っただけ。どこから来てどこへ行ったのか全く分かりません。「月」は無関係です。ですからこれは全くゾッとするような怪事件《かいじけん》です。原文はこう終わります。

その女遂に何者と知ることなし。また翁の子になることも、いかなることにかありけむ、すべて心得ぬこととなりとなむ、世の人思ひける。かかる希有《けう》のことなれば、かく語り傳へたるとや。

（その女にどのような訳《わけ》があったのか分からない。また、翁《おきな》の子になる理由も、どういうことだったのだろうか。すべてが分からないことばかりだと世の人は思った。このような希有《けう》のことなので、このようにかたり伝えたということだ。）

『今昔物語』と『竹取物語《たけとりものがたり》』と、作品の性格も文章の性格も全く違うのです。『今昔物語』はこういう言い伝えがあるからこう記したという文章。『竹取物語』は創作《そうさく》された文学作品。文学作品としての両者の優劣比較論《ゆうれつひかくろん》など決してすべきものではありません。

□ ずばり
blunt
一针见血
거침없는

□ 叙事描写《じょじびょうしゃ》
description
叙事描写
서사적 묘사

五　『古今和歌集《こきんわかしゅう》』詩歌《しいか》の月光《げっこう》

詩歌は「光」をどんなふうに表現しているでしょう。『古今和歌集（＊34）』から見ていきましょう。全二十巻の第一巻から第六巻までが四季《しき》の歌で、具体的な情景描写《じょうけいびょうしゃ》がなされるのは主にこの中です（歌番号で一から三四二まで）。従《したが》って、情景描写の材料として光が登場するのもこの範囲《はんい》内です。まず、それらの歌を紹介します。

一九一　白雲にはねうちかはしとぶ雁《かり》のかずさへみゆる秋のよの月　読人しらず

一九五　秋のよの月の光しあかければくらぶの山もこえぬべらなり　在原元方

二八一　さほ山のははそのもみぢちりぬべみよるさへみよとてらす月影《かげ》　読人しらず

二八九　秋の月山邊さやかに照らせるはおつるもみぢの数を見よとか　読人しらず

三一六　おほ空の月の光しきよければ影みし水ぞまずこほりける　読人しらず

この五首、どれも具体的で素直《すなお》な情景描写で、読むがまま頭に情景が描《えが》かれます。

一九一は、雲はあるが月明皓々《げつめいこうこう》たる秋の夜空、その雲に羽が触れんばかりの高い所を「さお」か「かぎ」（＊35）か、少数ずつの群れをなして雁《かり》が飛んで行きます。何の迷いもなく飛んで行く雁たちの姿を目で追っていると、こちらの心にたとえ迷いがあっても晴れてしまいます。そんな光景です。

□ 群《む》れをなす
to swarm
成群
무리를 이루다

□ 月明皓々《げつめいこうこう》たる
bright moonlight
月光皎皎
달빛이 밝게 빛나는

□ 読むがまま
exactly as it reads
如读到的一样
읽는 그대로

□ 触《ふ》れんばかりの
almost within reach
快要接触到的
닿을 듯한

一九五「くらぶの山」がどこにある山か分かりませんが、それが名の通り暗さのかたまりのような山であっても平気平気。この月光の下では何の迷いも不安も無く夜を越《こ》すことができるという、そんな月を描いています。

二八一は、柞《ははそ》（＊36）の紅葉《もみじ》で名を取っている佐保山《さほやま》の夜景、紅葉《こうよう》の盛《さか》りです。盛りは長くはありません。人に優しいこの月は「私の光で展観時間《てんかんじかん》を延長してあげるから、一晩中でも見ていきなさい。」と言っています。

二八九の歌は、紅葉の有り様が夜でもこんなによく見えるのはなぜだろうと考え、「これは、もしかしたら、月が人間に落ち葉の数をかぞえさせようとしているんじゃないのか？」と思いついた、そのプロセスと結論を述べているのです。

三一六では、自然界における能動者《のうどうしゃ》Aと受動者《じゅどうしゃ》Bとの関係を歌で詠《よ》むと面白い結果になりました。能動者Aである「月」が「光」の刺激《しげき》で信号を送ったら、その月光信号を受信した「水」がすぐ反応《はんのう》して「凍《こお》り」になったという過程です。そういう刺激反応過《しげきはんのうか》程《てい》を「月光が清《きよ》かったから」と、条件《じょうけん》内容を明記《めいき》して歌にまとめたわけです。この歌の詠み人はすぐれた科学者でした。

二八九の歌も「秋の月山邊さやかに照らせるは」と、前の歌と同じように夜の山の紅葉を月が照らし出していますが、今度は、ガイド法を一段ときめ細《こまや》かにして、落ち行く

☐ ガイド法
depiction technique
情景描写的方法
물건을 보는 방법

☐ きめ細か
carefully crafted
十分细致的
세심하게

☐ 能動者《のうどうしゃ》
an active agent
主动者
능동자

☐ 受動者《じゅどうしゃ》
a passive participant
被动者
수동자

☐ 名《な》を取《と》る
famous
有名的
명성을 얻다

紅葉や落ちて地にある落ち葉について、月光がそんな落ち葉たちの数でもかぞえてみたらどうかと、私たちに問いかけているようだと言っています。これは、単に、それほど落ち葉の一枚一枚がよく見えると言っているだけではなく、落ち葉を見る私たちに、月光が問いかけや誘《さそ》いかけをしている、その働きかけを私たちが感じているということです。これがとっても嬉《うれ》しいではありませんか。

六　芭蕉《ばしょう》・蕪村《ぶそん》の光表現

六の一　芭蕉俳句《ばしょうはいく》の光表現

『古今和歌集《こきんわかしゅう》』以後は、筆を一挙《いっきょ》に松尾芭蕉《まつおばしょう》(＊37)と与謝蕪村《よさのぶそん》(＊38)に移します。まず、芭蕉から考えます。句《く》を取り上げるのに論理的順序《じゅんじょ》はありません。光について考えさせるものを含んでいる句を少数選んだので、一句一句につき、句の持つ「光」の意味を吟味《ぎんみ》します。

あか〱と日は難面《つれなく》もあきの風

『奥《おく》の細道《ほそみち》』(＊39)の旅で、金沢《かなざわ》(＊40)から小松《こまつ》(＊41)へ行く途中のどこかでの句。「あかあかと」とありますから容赦《ようしゃ》なく照《て》りつける烈日《れつじつ》をイメージしますが、それは一瞬《いっしゅん》で「ああ、つれ

□ 烈日《れつじつ》
scorching sun
烈日
작열하는 태양

□ つれない
indifferent
无情的
무정한

ない陽光。」と感じたのは、その陽光を皮膚一枚が受けた時だけ。光が皮膚を通過して体の中に入ったとき体が感じたのは、既《すで》に吹いていた風が知らせてくれた「秋」の感覚だった。その秋が、体の中を吹き過ぎていったのでしょう。

暑き日を海に入れたり最上川《もがみがは》

羽黒《はぐろ》（＊42）を過ぎてから、川舟《かわぶね》で酒田《さかた》（＊43）の湊《みなと》に出た時の句《く》。これはとても動きのある句です。太陽の光は確かに暑かったのです。でも、その暑さを最上川《もがみがわ》がストーンと海へ流し入れてしまいました。まことに、万物流転《ばんぶつるてん》の人生です。

雲折〳〵人をやすむる月見哉《かな》（春の日）
やす〳〵と出《いで》ていざよふ月の雲

この二句、関係は無く別々の句ですが、同じ時の句であっても構わない、そのような両句です。濃淡《のうたん》ある切《き》れ切《ぎ》れの雲がまばらに空にあり、動くのは雲の方なのだと判《わか》っていても、目には月が散在するむら雲の中を次々に出入りしながら進んで行くように見えます。いくら見慣れた光景でも、月の雲中行路図《うんちゅうこうろず》としてじっと見守ってしまうのです。太陽の光には私たちは目を向けることができないのに、月はこうして雲中遊行《うんちゅうゆぎょう》の姿《すがた》

□ 雲中行路図《うんちゅうこうろず》
course through the clouds
云中行进图
운중 행로도

をじっと見守ることができて、心がそれを面白がって目がじっとそれを追い続けたがる。中秋《ちゅうしゅう》の名月《めいげつ》(*44)を鑑賞《かんしょう》するのとは違った、これはまた動きのある一種のお月見でもあります。雲無き名月鑑賞には動きがありませんから、どうしても酒とかお茶とか歌舞音曲《かぶおんぎょく》とか、そういう別の楽しみ事が伴なうことになりがちです。そんな時に少しは雲があってくれると、月が雲中にある間、人は遠慮なく人の楽しみに浸ることができるわけです。しかし、そんなふうに休ませてくれる雲もあんまり多すぎては、月見がぶち壊しになります。時には月に休んでもらって、その間人は楽しみ、そおら(*45)月のお出ましという時には、みんなで安々《やすやす》と出て来る月を拍手で迎える。この程度の雲がまことにめでたい「月の雲」です。

石山《いしやま》の石より白し秋の風

これは『奥《おく》の細道《ほそみち》』の旅中、石川県山中温泉《いしかわけんやまなかおんせん》での句《く》。この句には、光を表す言葉も光をさえぎる物を表す言葉も無いのですが、吹いて来る秋の風が白っぽい石山の地の石よりもっと白いというそんな光景です。これが日光の直接光が射している光景《こうけい》とは思えません。日が射していれば必ず影があるわけですが、石がちの山中の様《さま》を表すこの「白し」が全面に影の無い光景を想わせます。全体が「白い」のですから、今のことばで言えば、

□ 石がち
stony
到处都是石头
돌이 많음

□ 月のお出まし
appearance of the moon
月亮的出现
달의 행차

高曇《たかぐも》りで暗くはないのです。でも、山中に秋の風が吹くのですから、決して暖かみは無く、「風蕭々《しょうしょう》として易水《えきすい》寒し。(＊46)」という感じの光景です。暗いのではありませんから光は有りますが光る物は何も無い、姿《すがた》無き白光《びゃっこう》です。その情景《じょうけい》に、まことによくマッチするものとして「秋の風」が、今この石山の情景を支配しているのです。

海くれて鴨《かも》のこゑほのかに白し

この句《く》は『野《の》ざらし紀行《きこう》(＊47)』という紀行文の中にあり、桑名《くわな》(＊48)の辺りでできた句です。夕暮れは鳥たちが鳴き交《か》わす時です。海辺の鴨《かも》たちも今が鳴き時《どき》と海面に集まって、互いに鳴き交わします。その声が、海面から薄暮《はくぼ》の空へと立ち昇りつつ、辺りへ広がります。夕陽の赤味がどんどん消散《しょうさん》して白い光に変わってきました。薄暮の光が白いのか、鴨たちの声が白いのか。言ってしまえば、海が暮れて、鴨の声がほのかに白いのです。かまびすしさの無い鴨たちのざわめきを薄暮の白光が大きくやわらかく包んでいる、そんな静かな情景です。

若葉して御めの雫《しづく》ぬぐはばや

紀行文『笈《おい》の小文《こぶみ》(＊49)』から、奈良《なら》、西《にし》の京《きょう》にある唐招提寺《とうしょうだいじ》(＊50)で鑑真和上《がんじんわじょう》(＊51)の像に接し

□ かまびすしさ
noisiness
喧嚣
시끄러움

□ 薄暮《はくぼ》の空
dusk
傍晚的天空
황혼녘

□ 今《いま》が鳴《な》き時《どき》
right time to call out
现在正是该叫的时候
지금이 울어야 할 때

□ マッチする
to match
协调
매칭되다

□ 高曇《たかぐも》り
high, thin clouds
云高
구름이 높고 흐림

た時の有名な句です。「船中七十余度《せんちゅうしちじゅうよど》の難《なん》をしのぎ給《たま》ひ、御目《おんめ》のうち汐風吹入《しおかぜふきいり》て、終《つい》に御眼盲《おんめもう》させ給《たま》ふ尊像を拝《はい》して（船の中で七十何回もの困難を乗り越えられ、その目に潮風《しおかぜ》が入って、遂《つい》に目が見えなくなってしまわれた　その像を拝見して）」というのが、この句の前文です。この句にも、光を表す言葉は含まれていないのですが、鑑真和上尊像《がんじんわじょうそんぞう》の御目にたまっている涙の雫《しずく》がどうしても光って見えます。それゆえに、辺《あた》りに茂《しげ》る若葉で御目《おんめ》の涙の雫《しずく》を拭《ぬぐ》ってさし上げたいというこの言葉が、私たちにもとても自然に受け取れるのです。御目の雫は慈愛《じあい》に満ちた光を放っていますから、辺りの若葉も、それに見合った優しい光を放《はな》たざるを得ません。

あら尊《とうと》　青葉若葉の日の光

『奥《おく》の細道《ほそみち》』の旅で日光東照宮《にっこうとうしょうぐう》（＊52）に詣《もう》でた時の句《く》と思われます。東照宮とは記されていませんが、空海《くうかい》（＊53）がこの山を開いて「日光《にっこう》」の名ができたことと、そのおかげで今は「此《この》御光《みひかり》一天にかゝやきて、恩沢八荒《おんたくはっこう》にあふれ、四民安堵《あんど》の栖穏《すみかおだやか》なり。（この日光の御威光《ごいこう》が天下に輝《かがや》いて、その恩があらゆる方向の国々の果てまであふれ、士農工商《しのうこうしょう》みなが安堵《あんど》して平穏《へいおん》に暮らせている）」とあるのが徳川家康《とくがわいえやす》（＊54）の威光《いこう》を指すとしか思えませんからこう見ていいでしょう。この日光に照らされた青葉若葉の輝きは、大変公明正大《こうめいせいだい》で暖かみ

□ 公明正大《こうめいせいだい》
clean
光明正大
공명정대

□ 詣《もう》でる
to visit a shrine
参拜
참배하다

□ 見合った
fitting
相称的
알맞은

のある光です。色は赤光《しゃっこう》ではなく白光《びゃっこう》ですが、月の銀白光とは違う、日光《にっこう》菩薩《ぼさつ》と月光《がっこう》菩薩とを合わせたような、太陽の白光です。

蛸壺《たこつぼ》やはかなき夢を夏の月

『笈《おい》の小文《こぶみ》』の旅の終着地《しゅうちゃくち》、明石《あかし》(*55)での句。明石の一の谷で。この辺の海には蛸《たこ》が多いそうで、土地の人は蛸壺《たこつぼ》でそれを獲《と》ります。壺を置いておくだけで蛸がその中に入って寝るのです。人間に捕られるとは知らずに安眠して見るであろう蛸たちのはかない夢を、夏の月の光が坦々《たんたん》と照らしているのです。この紀行文の末尾《まつび》のシーンです。

埋火《うづみび》や壁には客の影ぼうし

句会で、芭蕉が「埋火《うづみび》」という題を出して、自身がその皮切《かわき》りをした句です。「埋火」とは、影を作る光源《こうげん》が灰《はい》の中にあるおぼつかない木炭の火のことで、炉端《ろばた》に座る客たちの影が「影法師《かげぼうし》」として壁に映《うつ》っても、輪郭《りんかく》がたどれるようなはっきりした影ではありません。ぼやっとした、おぼつかない暗さの固まりでしょう。人の影ですから、当然身《み》動《うご》きをしてゆらゆらもやもやと動くでしょう。そこに注意が行かなければそれっきりですが、「あ、影だ」と思って見ていると何だか面白くて、これも一つの動画になるわけで

□ おぼつかない
weak, unsteady
微弱的
미덥지 않은

□ 皮切《かわき》り
beginning
开端
맨 처음

□ 輪廓《りんかく》がたどれる
grasp the outline
轮廓可见
윤곽을 찾을 수 있는

す。ぼんやりした影で気付くぼんやりした光。それも面白い一つの絵です。

みそか月なし千とせの杉を抱《だ》くあらし

『野《の》ざらし紀行《きこう》』の中の句《く》で、伊勢神宮《いせじんぐう》(*56)を参拝《さんぱい》した時の情景《じょうけい》を詠《よ》んでいますが、とても豪快《ごうかい》で迫力《はくりょく》のある句です。「晦日《みそか》、月なし。」と、いきなりぐいと(*57)言い切った所が実に明快です。その場の情景は黒々と暗いのですが、それをこの簡明な一文で打ち立てたところとスパッと(*58)斬《き》り捨てたところが鮮明《せんめい》な印象を与えます。やはり侍《さむらい》ですこの人は。そして嵐《あらし》が千歳《ちとせ》の杉《すぎ》を抱いているといったのは、荒削《あらけず》りな一刀彫《いっとうぼ》り(*59)で瞬時《しゅんじ》に一像を彫《ほ》り上げたような力強い造形です。「月無し」という否定による簡潔造形《かんけつぞうけい》が、かくも暗黒の造作物《ぞうさくぶつ》を効果的にもたらしたのは驚《おどろ》きです。

おもしろうてやがてかなしき鵜舟《うぶね》哉《かな》

長良川《ながらがわ》の鵜飼《うか》い(*60)、その行事は芭蕉《ばしょう》も興味《きょうみ》を持って見たでしょう。しかしその直後の、「歓楽極《かんらくきわ》まって哀感生《あいかんしょう》ず(*61)」の体験。これが芭蕉には一層《いっそう》価値《かち》があり、意味のある体験となりました。その所産《しょさん》である一句。これは、何も見ていない私たちにも、何だかシーンとなり、ジーンと来るものを感じさせます。この「やがて」は、いわゆる「その

□ シーンとなる
become quiet/still
落寂
고요해지다

□ ジーンと来る
feel deeply
感动
뭉클해지다

□ かくも
such a ～
这样
이렇게까지

うちに」のような意味ではありません。今の感じがスーッとそのまま次の異《こと》なる状態《じょうたい》に移り変わっていく、そういう玄妙《げんみょう》な推移変転《すいいへんてん》の感じを言い表しています。今「面白い！」と思って浮き立った心が、アレッという間にスーッと冷えて何だか味気ない侘《わび》しい心になってしまった。この「やがて」には変化の時間感覚とともに、鵜舟《うぶね》が「面白さ」と「悲しさ」とを両方合わせ持つものだと言っている、認識《にんしき》の内面をつないでいる、そういう併行《へいこう》認識もあると思います。

猫の戀止むとき閨《ねや》の朧月《おぼろづき》

芭蕉《ばしょう》は元来は「わび」「さび」(＊62)の人ではなかったということの、絶好の材料にされる句です。そして実際よくできた面白い句《く》です。猫の恋、悩ましげ。あ、声が止んだ。あら、その時、閨《ねや》のすぐ上に大きな春の月がゆっくりと出てきます。「おもしろうてやがて悲しき」というような急転換《てんかん》ではなく、少し間《ま》のある場面転換です。ここには、晩春《ばんしゅん》のむせびというような悩ましさがあります。芭蕉の句には、短かい中に時の流れがあり、そこに人生の動態性《どうたいせい》が表されているという傾向があります。どうしても旅に出ずには居られなくなる芭蕉の内面が、そういうものであったのでしょう。

□ 間のある
unhurried
平缓
간격이 있는

□ むせび
sobbing
抽泣
흐느낌

□ 閨《ねや》
bedroom
卧室
침실

□ 絶好《ぜっこう》の材料《ざいりょう》
highest evidence
最好的证据
절호의 재료

□ スーッと
smoothly,
without any trouble
自然而然
척척

□ 玄妙《げんみょう》な
extraordinary elegance
玄妙的
오묘한

六の二　蕪村俳句《ぶそんはいく》の光表現

次に紹介する与謝蕪村《よさのぶそん》は、芭蕉《ばしょう》を尊敬《そんけい》しその句を慕《した》って句作《くさく》に入った人ですが、傾向《けいこう》は大いに芭蕉とは違います。
月天心《てんしん》貧しき町を通りけり

私は町を歩いています。季節《きせつ》は冬に近い秋。まだ、ひしひしと寒くはありませんが、空気は隅々《すみずみ》まで澄《す》んでいます。月が大空の真ん中と言ってもいい高い所に。でも、無理に背を反《そ》らして顔を上に向けなくてもいい、そんな所にあって、静かに静かに、そして惜《お》しみなくその光のすべてを真下《ました》の世界に注《そそ》いでいます。私の今歩いている所は、野原でも山中でもなく人の住む町です。どう見ても豊かな人たちの住む街《まち》ではない、貧しい人々の住む街です。人《ひと》っ子一人《こひとり》通らぬ夜の町。住む人の暮らし向きが一目でわかる、身過ぎ世過ぎの材料物件《ざいりょうぶっけん》がそこここに置かれている、そんな物音もしない夜の街を、私は一人で歩いています。静か、ただ静か。月光はサンサンと降り注ぎます。人々の貧《ひん》をあばくでもなく、貧に同情するでもなく、各家の暮らしをのぞき見もせず、目をそむけもせず、サンサンと無心《むしん》に公平《こうへい》に、音も無く途切れることもなく、それは、降り注いでいます。

□ サンサンと
shining radiantly
皎洁
찬란하게

□ 身過《みす》ぎ世過《よす》ぎ
make a living
生活处世
세상살이

□ そこここに
here and there
到处
여기저기에

□ 人《ひと》っ子一人通《こひとりとお》らぬ
not a soul passes through
空无一人
사람하나 지나지 않는

□ ひしひしと
pressing
深深地
오싹오싹

□ 句作《くさく》に入る
to compose a haiku
作俳句
하이쿠를 짓다

寒月や門《もん》なき寺の天高し

この月こそ何の迷いも無い「寒月《かんげつ》」です。寒月というのですから辺《あた》りの空気は冷たいのです。冷たい所には生き物は住みにくいから、辺りは誰《だれ》も何もありません。ですから月の光は、何の邪魔物《じゃまもの》もなく四方八方《しほうはっぽう》へどこまでもサンサンと射《さ》し広がります。あの寒月の真下にある物は何だ。寺だ。あの寺は、実にただひたすら寺であって、月の真下で寺を演じている。そして、その寺が直接月と向かい合っている。通常、寺に門は付き物のように見られるが、この寺は門も無く、門が無いがゆえに、今、月と寺とが直接向き合って見事に存在している。

閻王《えんわう》の口や牡丹を吐《はか》んとす

閻魔大王《えんまだいおう》(＊63)があの恐い顔で炎々《えんえん》と燃える怒りの炎《ほのお》、それは真っ赤な牡丹《ぼたん》(＊64)の花を次々と口から吹き上げるとでも言うしかない、そんな赤々《あかあか》と燃える炎を今まさに吹こうとする閻王《えんおう》(閻魔大王)の口を、今、私は見ているのか？　確かに私は閻王の口を見ているが、そこに現実の炎は無い。だが、閻王の怒りの炎は既《すで》に口外に出ようとし、その熱気が下から見ている私にも伝わって来る。真っ赤な炎なる大輪《たいりん》の牡丹が閻王の口から出ようと

□付《つ》き物《もの》
inseparable
离不开的东西
부속물

しているぞ。ずっと月の銀白光ばかり見ていたのですが、しばらくぶりに怒りの赤光《しゃっこう》を、蕪村《ぶそん》は閻王《えんおう》の口に見ました。蕪村は面白い見方をする人です。

牡丹切《きっ》て気のおとろひし夕《ゆふべ》かな

あの、炎々《えんえん》たる花を咲かせた牡丹《ぼたん》を、咲き終えたからといってぷつりと切り落としてみるのは、それは何とも言えない寂《さみ》しいものです。日々を生きるという、私の身過ぎ世過ぎの働きの中でやっていることですが、何だか疲れというか、気のおとろえというか、そんな疲れを感じた夕方でした。大輪《たいりん》の牡丹の花、あれはただの木草《きくさ》の花じゃない。炎々たる炎、生命《いのち》の熱気《ねっき》をこめて咲いて散って終わるのだが、終わる前に切る。切って次の生命を考える。そういう生命の育《はぐ》みを、牡丹も私も同じく行っているんだけれど、切った時には、何だか自分の気のおとろえを感じる、そんな夕方だった。

山は暮《くれ》て野は黄昏《たそがれ》の薄哉《すすきかな》

夕方の暗さがもう一段進むと、芭蕉の「この道や、行く人無しに秋の暮れ。（秋の夕暮れどき、だれ一人通る人のいない道は深い寂しさに包まれている）」の世界になります。それは、物理的な陽光の明るさの度合いもありますが、俳句《はいく》という詩《し》作品の世界で

□ もう一段進《いちだんすす》む
to grow darker
更加昏暗
한층 더 나아가다

□ 気のおとろえ
feel low
无精打采
기운의 쇠퇴

□ ぷつりと
be severed
噗嗤
뚝하고

は、心の中の明度の違いでもあり、それがこの本での課題です。「行く人無し」の方は本当に閑散《かんさん》として落莫《らくばく》たる気持ちにつながるのですが、この句《く》の中では、山は既《すで》に暮れても、野には明るさがまだ残っていて、薄《すすき》の穂《ほ》がいささかの風に揺《ゆ》れているのでしょう。決して閑散の風景ではなく、秋がまだ優しさとしてそこに在る、そんな風景です。黄昏《たそがれ》にもいろいろあります。心を寒くする黄昏もあり、心を温める黄昏もあります。蕪村《ぶそん》は画家でもあります。この句では心を温かい方へ導く秋の夕暮れを描《えが》いています。

若竹や夕日の嵯峨《さが》と成《なり》にけり

若竹《わかたけ》の勢いというものは、それはすごいもので一日でぐんと伸びます。自分の家の庭だったら、「ああ、手入れをしなくては」というような気づかいもありましょうが、嵯峨《さが》野《の》（＊65）の若竹が伸びるのは、もっぱら心地《ここち》よい郊外の情景です。「夕日の嵯峨《さが》」それは、生命力と晩春初夏《ばんしゅんしょか》のさわやかなぬくみによって、太陽が明日も穏《おだ》やかな日を約束してくれているという心の落ち着きを感じさせる言葉です。「なりにけり。」も、その安堵感《あんどかん》を定《てい》着《ちゃく》させています。格別《かくべつ》な事は何も無くて平凡《へいぼん》な句ではありますが、鎮静力《ちんせいりょく》のある良い句です。

□ 落莫《らくばく》たる
empty, lonely
寂寞
쓸쓸한

□ いささかの
slight
微微的
약간의

□ もっぱら
entirely
完全
오로지

□ 晩春初夏《ばんしゅんしょか》
late spring to early summer
春末夏初
늦봄 초여름

□ ぬくみ
warmth
温暖
온기

風雲《かざぐも》の夜すがら月の千鳥哉

風雲とは、風になる前ぶれのような雲のことですから、あまり穏《おだ》やかな空模様《そらもよう》ではありません。「夜すがら」は、千鳥《ちどり》の鳴き声が聞こえるのが一晩中《ひとばんじゅう》ということだと思いますが、月が見えるのも一晩中なのだと思いますから、この月は満月かその前後の月でしょう。しかし、本当に一晩中寝ずに月を見ていたとは思えません。風雲は時々月を隠《かく》していたでしょう。この句は、いかにも画家である蕪村《ぶそん》の画材《がざい》になる光景を捉《とら》えていると思います。雲は淡《あわ》くきれぎれに上部に、千鳥はせわしく鳴く姿《すがた》で下部に、月は中央やや下にあって大きく丸くあっさりと。動きのある雲と千鳥に対して、月は動かないけれど主役として、しかし光らず静かにそこにある。そんな絵です。月は敢《あ》えて光らずそこに居て、雲や千鳥に存在の場を与えていればいい。これこそ、月光のあり方の典型《てんけい》を示していると思います。この絵を蕪村が実際に描《えが》いたかどうか、それは知りませんが、俳句《はいく》にはこのように形象化《けいしょうか》されました。

狐火《きつねび》やいづこ河内《かはち》の麦畑《むぎばたけ》

狐火《きつねび》は鬼火《おにび》(＊66)のこと。昔、暗い所で鬼火が蝶《ちょう》のようにふわふわ飛ぶのは決して珍しいことではなかったと思います。「公達《きんだち》に狐化《きつねば》けたり宵《よい》の春《はる》。(貴公子《きこうし》たちに狐が化けた春

□ 夜すがら
throughout the night
整晚
밤새도록

□ ふわふわ
to float lightly
轻飘飘
둥실둥실

の夜）」という、よく知られた句もあるように、蕪村《ぶそん》は狐に大変親近感《しんきんかん》を持っていたと思いますから、狐火《きつねび》ぐらいは何でもなかったでしょう。この日蕪村は、ちょっと道のりはあるけれど、空の明るいうちには着けるだろうと踏《ふ》んで、河内《かわち》（＊67）の麦畑のある所を目指して歩き出したのだが、そろそろ暗くなって来たのに、まだ、それらしい所に来ない。麦畑はあるけれど、まだ河内ではなさそう。おや、鬼火《おにび》がふわふわしている。あれに聞いてみよう。「ねえ鬼火さん。河内の麦畑へ行くんだけれど、どの辺だろう？　この辺りと違う？　まだまだかね？」と、こんな具合《ぐあい》の句かと思います。

良い句はたくさんあるのにこの句を選んだのは、「狐火」という火を「光」の一種として是非《ぜひ》取り上げたかったからです。この良くわからない火を合理的に説明しようとすれば、墓場《はかば》と縁《えん》の深い火だから、これは、埋葬《まいそう》された遺骨《いこつ》に含まれていたリン（＊68）が地上に出てしまって、それが暗い中で光る、そんなことから作られた想像物ではないか、などと言われるのですが、そういう説に、私は興味《きょうみ》がありません。鬼火は鬼火で、そのまま理解しておきます。そして「光」は、すべてが公明正大《こうめいせいだい》、明々白々《めいめいはくはく》なものだとは限らず、正体不明、不可解《ふかかい》な光も、いくらでもあるのだと理解しておきたいからです。「鬼火」は、その中の、日本的・物語的なものの雄《ゆう》たる存在だと位置づけます。不可解ですから、これ以上は追究《ついきゅう》しません。

□ 何でもなかった
not a big deal
算不了什么
아무것도 아니였다

□ と踏《ふ》んで
thinking ～
想
라 짐작하고

□ 明々白々《めいめいはくはく》
clear as day
明明白白
명명백백

□ 雄《ゆう》たる
greatest
不同凡响
뛰어난

四五人に月落ちかゝるをどり哉《かな》

これは大変有名な句《く》で、蕪村《ぶそん》の代表句として五指《ごし》にかぞえられる物の一つです。これこそ絶好の画材で、この情景《じょうけい》は誰《だれ》でも容易に頭に描《えが》くことができるでしょう。「四五人」がとても生きています。さすが人気の高い盆踊《ぼんおど》り(*69)で、月下《げっか》に大勢の人たちが輪をなして踊っていました。それでも、次第に夜が更《ふ》けて来ると、一人去り二人去り、今は、よほど好きな、常連《じょうれん》中の常連ともいうべき人たちが、男女は問わず四五人残って踊り続けている。そういう光景です。で、これを見ている月光は、優しい温かい光を微笑《ほほえ》むように投げかけています。いや、「投げかける」は適当ではありません。やはり蕪村の言う通り「落ちかかる」が好《よ》いですね。「月が光を投げかける」は西洋的言い方です。「月が落ちかかる」のです。ここでは、月も人も一緒で、同じ踊りを踊っているのです。そういう心情的情景をこの句が大変よく描いています。

蕪村の光の観察はこれで終わりますが、蕪村に関連してもう一つ、付け加えたいことがあります。『蕪村七部集(*70)』(大正十二年刊新釈日本文学双書第十二巻)という本を見ていて、蕪村その人ではなくその一門の、三曉《さんぎょう》という人の句に

光るあり　糂汰《じんだ》の中の薄こほり　　三曉

□ 常連中の常連《じょうれんちゅうのじょうれん》
the most frequent visitors
老伙伴
단골 중의 단골

というのがあり、光にはこういう「あれ？　光るものがある。何だろう？」と、人に何かの存在を知らせ、注意を引く働きがある。これは光の機能として大変大事なことだと気づいたのでこのことを記しました。この句《く》の場合は、じんだ味噌《みそ》（＊71）の中に、ある朝、昨日まで見なかった「光る物」を発見して、おやっと思い、また見たら、そこに今朝は薄《うす》氷《ごおり》が張《は》っていた。それで、「ああ、今朝は寒かったんだなあ。やっぱり冬だ！」と思ったのでしょう。氷の輝《かがや》きが、それが無ければその存在に気づかなかった、そういう物や事を人に気付かせてくれた。こういうこと。光のこの機能、昔から「のろし（狼火）（＊72）」として使って来ました。かぐや姫《ひめ》の物語も、ある日、竹取りの翁《おきな》に「本《もと》光る竹」が、何か大事な物の存在を知らせた。それが事の始まりでした。こういう、存在を知らせて注意を喚起《かんき》する光の機能について一項《いっこう》を加えます。注意喚起《ちゅういかんき》の方法として、サイレンなどの警《けい》報《ほう》は、音で知らせる聴覚《ちょうかく》信号。肩を叩《たた》いて振《ふ》り向かせるなどの触覚《しょっかく》信号。それにこの光で知らせる視覚《しかく》信号があって、一応《いちおう》これで揃《そろ》うことになります。ついでに記しました。

蕪村関係で、もう一句。同じくその一門で、超波《ちょうは》という人の句に、

名月や兎の糞のあからさよ　　超波

というのがあります。昼間の光で地面に兎《うさぎ》の糞《ふん》を見ても、別に何とも思わず、従《したが》って、

□ 注意喚起《ちゅういかんき》
calling for attention
引起注意
주의환기

目には映《うつ》っていてもほとんど注意もせずに見過《みす》ごしてしまうでしょう。それが、この人が名月の晩にこの句を作ったというのは、名月であったからこのことが起こったのだとしか思えません。普段、太陽光のもとで、道かどこかに兎《うさぎ》の糞《ふん》があっても、格別《かくべつ》目にもとまらず、ましてや句には作らないでしょう。それが、今、目の前のどこかに兎の糞を見て、句に作るほどまじまじと見てしまったというのは、まぎれもなくそれが名月の光に照らされていたからに違いないのです。太陽の光では視界《しかい》が広くて、すべてをあからさまに見せてしまうのに、月光のもとでは、おのずから視界が限定され、物音などほとんど無いのが普通でしょう。それゆえに、今この兎の糞が目にとび込んで来て、「あれ？こんな所に。」と思わせることになったのでしょう。

　牛の糞があっても、慣れすぎていて何とも思わないでしょうが、ひょっと目についた兎の糞は妙《みょう》にかわいく感じられ、「ははん、こんな所に。兎め、ぽとんと落としてまた跳《と》び跳《は》ねていったんだろう」などと思ってしばし眺めたのだと思います。これはやっぱり「名月」の光がそうさせているわけで、格別風流人《ふうりゅうじん》でもない自分がこの時、妙にまじまじ糞と月とを見較《みくら》べたのをおかしく思ってこの句になったのだと思います。

□ ひょっと
suddenly
偶然
불쑥

□ おのずから
by itself
自然而然地
자연히

□ まじまじと
gaze steadily
目不转睛
말끄러미

□ まぎれもなく
unmistakably
毫无疑问
틀림없이

□ 目にもとまらず
not pay attention
看不到
주목하지도 않고

七　近代詩歌《きんだいしいか》の中の光

若山牧水《わかやまぼくすい》（＊73）の歌から考えます。

白鳥《しらとり》は哀《かな》しからずや　空の青　海の青にも染まずただよふ

歌謡《かよう》にもなって超有名なこの歌。ひたすら酒と旅を好み、それを歌にせずにはいられなかったこの人。よく口ずさまれる歌です。この白鳥はなぜ悲しいのでしょう。空の青も海の青も、混《ま》じり気《け》の無い天然《てんねん》の色として、迷《まよ》い無く果《は》て無く広がっており、今この時は、何者をも拒否《きょひ》せず静かに無限に存在する。白鳥は、その中を何の干渉《かんしょう》も受けずに飛び回る。白がどんなに他の色に染《そ》まりやすい色であっても、白鳥は、他の物や他の色の影響を少しも受けることなく、どこへどこまで行っても、自分自身の色をどの部分も変えず、ただただ自分の飛翔《ひしょう》を続けている。このような純粋存在物《じゅんすいそんざいぶつ》としての青い空・青い海の中を、純粋生物の白鳥が自由に飛翔する、そういう純粋絵画であるために、その絵を見る者の眼《め》の中にも純粋な空の青さや海の青さの中を、純粋な白色鳥が自由な曲線《きょくせん》で移動《いどう》します。その静かな動画がすべて鮮明《せんめい》で美しい芸術作品であるのです。赤や黄色や、そういうにぎやかな色を一切使わず、目の中で色が混ざってしまうことが決して無い、そういう純粋色彩《しきさい》動画をこの歌は、描《えが》き出しています。その侘《わび》しさにやりきれなく

□ やりきれなくなる
be unbearable
受不了
견딜 수 없게 되다

□ 混《ま》じり気《け》の無《な》い
pure
毫无混杂的
섞인 것 없이

□ 迷《まよ》い無《な》く果《は》て無《な》く
boundless and with energy
漫无边际
망설임없이 끝없이

なる絵ではなくて、「悲哀《ひあい》」という純粋《じゅんすい》感情をさわやかに体験させてくれる歌として、私はこの歌が好きです。そして、大事なことは、この空と海と白鳥とを照らしている光は、ひたすら各被写体固有《こゆう》の色を純粋にそのままに照《て》らし出す、そういう無色彩《むしきさい》の白色光《はくしょくこう》であるということです。現実の太陽光がそのように空と海と白鳥を照らし出しているのではなく、作者の歌が、そういう無色の白色を作り、海と空と鳥とを照らしているということです。そんな光が歌の中で作れるというのは、実に大したこと、面白いことではありませんか。

次は、夏目漱石《なつめそうせき》(*74)。漱石は、あの猫《ねこ》(*75)が死んだ時に、庭に墓《はか》を作って弔《とむら》い、

此《こ》の下《した》に稲妻《いなづま》起る宵《よひ》あらん
秋風の聞えぬ土に埋めてやりぬ
ちら〱と陽炎立ちぬ猫の塚

と、三句、手向《たむ》けの句を作りました。第一句は先に逝《い》った友の霊《れい》に「この先に、君の大いなる働きがあるんだよ。」と祝福《しゅくふく》を送ったことば。第二句は彼を弔《とむら》った自分の行いを確認してわが心を落ち着かせたことば。第三句は弔いが完了したことを、逝った当人《とうにん》、送った遺族《いぞく》と見守る周囲《しゅうい》(社会)が皆了解《みなりょうかい》して、事態《じたい》が平静《へいせい》に帰《き》したことを叙《じょ》したことば

□ 平静《へいせい》に帰《き》した
to quiet down
恢复平静
평정으로 돌아오다

□ 手向《たむ》け
offering to the dead
祭奠死者
사자에게 바치는 것

□ 大したこと
significant
了不起
대수로운 일

です。第一句の「稲妻《いなづま》」は「かみなり」の第一現象で、天の雨雲から地上に向かい、直《ちょっ》下《か》や斜《なな》め下に走る、直線と曲線《きょくせん》の混ざり合った図形として大空に描《えが》かれる光の造形体《ぞうけいたい》です。第二句は地面の中の世界ですから、地上の光とも風とも関係の無い静寂《せいじゃく》の世界で、そこへ猫の霊《れい》を送り届けたからもう安心ということです。第三句は、のどかな田園風景《でんえんふうけい》を描きます。その中の「陽炎《かげろう》（＊76）」は、それ自身が光なのではありませんが、光が引き起こし造り出すものですから、つまり光の造形物です。それ故これは絵になるわけで、陽炎《かげろう》が燃える田園風景の中心被写体《ひしゃたい》に猫の塚《つか》を据《す》え、これでこの作品を完成させました。それによって、猫の弔《とむら》いも完成しました。漱石《そうせき》の猫は世界一幸せな猫と言わなくてはなりません。

陽炎《かげろう》といい稲妻《いなづま》といい、光が実にすばらしい働きをしています。稲妻は天から地に下るものであるのに、それが、地のここから起こる宵《よい》があろうというのは、逝《い》った者への実に大きなエールです。陽炎の方は猫の温かい眠りを描いていますし、実に優しさに満ちた好《よ》い三句です。

次に、よく光を据えた写実主義《しゃじつしゅぎ》（＊77）の歌人《かじん》として是非見ておきたいのは、アララギ派（＊78）の長塚節《ながつかたかし》（＊79）と斎藤茂吉《さいとうもきち》（＊80）、この二人です。それぞれに、光の歌がたくさんありますが、各十首程度を引いて「光」の観察をします。歌のよしあしを論ずるのではありません。まず

□ よしあし
right and wrong
好坏
좋고 나쁨

□ エール
support, aid
声援
응원

□ 塚《つか》を据《す》える
to build a tomb
安设坟墓
무덤을 만들다

□ 造形体《ぞうけいたい》
model
造形体
조형체

長塚節《ながつかたかし》。この人の歌で、すぐ私の心に浮かぶのはこれです。

鬼怒川《きぬがわ》を夜ふけてわたす水竿《みなさを》の遠くきこえて秋たけにけり

鬼怒川《きぬがわ》(*81)の近くに住んでいたこの人ですから、自宅で寝ながら深夜の静寂《せいじゃく》の中に、川の流れを横切《よこぎ》って進む渡《わた》し舟《ぶね》の渡りの水音《みずおと》を聞いているわけです。実に静かな音です。舟を漕《こ》ぐ音か舟がかき分ける水の音か、それは分かりませんが、とにかく静かで、筆者のような都会者《とかいもの》には、聞き分けにくい音だと思いますが、ここで一つ筆者の心象《しんしょう》に発生する事実で考えてみたいことがあります。私はこの場面を想像するたびにその波音《なみおと》に付随《ふずい》して、進む舟が残していく航跡《こうせき》の波が脳裏《のうり》に見えます。そしてその波は、黒暗々《こくあんあん》の中にではなく、月の光に照らされている波のひだとして見えるのです。空にある月までは意識しませんが、波はかすかながら輝《かがや》く波形として私には見えるのです。歌の表現の中には無い「月光」が私の心象には見えてしまうこと、これどうも私だけのこととは思えないのですがどうでしょうかと、これはまあ控《ひか》え目に記しておきます。

芋《いも》がらを壁《かべ》に吊《つる》せば秋の日のかげり又さしこまやかに射す

秋の陽光《ようこう》の射《さ》し方の細やかさがこんなによくわかるのは、この日光の持つ心の細やか

□芋《いも》がら
dried stem of a taro plant
芋头茎
토란 줄기

□脳裏《のうり》に見える
to come to mind
浮现脑海
뇌리에 떠오르다

□波《なみ》のひだ
shape of a wave
波纹
파도의 형상

さを、この作家がまた実に細やかに感じ取って、細やかに描《えが》き出しているからです。射《さ》しっ放《ぱな》しの日光より、陰《かげ》っても陰っても、射して止まない陽光に、なで続けてさする手の優しさを感じます。絶《た》えず病気がちだったこの人ゆえに、なでる手の優しさを、かっかと照らし続けるわけではない陽《ひ》の光に見たのだと思います。

月光の歌で、こういうのがあります。

山桑《やまくは》の木《こ》ぬれにみゆる眞熊野《まくまの》の海《うみ》かぎろひて月さし出でぬ
眞むかひに月さす那智《なち》の白瀧は谷《たに》はへだてどさむけくし覺《おぼ》ゆ
やまとにはいひ次《つ》ぐ那智《なち》の瀧山《たきやま》にいくそ人《ひと》ぞも月にあひける

これは、その光景の現場で作った歌ではありません。少なくとも一年以上前に見た月《げっ》下《か》の那智滝《なちのたき》(＊82)を思い出しての作歌です。歌の出来《でき》はそんなに良いとは思いません。名歌ゆえに引いているのではなく、歌の作られ方が面白いゆえに引くのです。滝《たき》から先に思い出されるのでなく、月から先に思い出して、月下の那智滝《なちのたき》をすっぽり心に焼きつけられている、そういうセットの情景として心に浮かぶものを引き出している歌だと感じます。那智滝《なちのたき》を思い出し、そう言えばあの時、月が照っていたなというのでなく、あの日の太陽が沈んだゆえに、あの夜の月が出た。即《すなわ》ち満月が昇った。そして、月光下の那智滝《なちのたき》の

□引く
to quote
引用
인용하다

□射《さ》して止まない
continue to shine
不停照射
계속 비추다

□かっかと
glow briskly
炎炎
이글이글

□射《さ》しっ放《ばな》し
bright and clear
阳光灿烂
계속 내리쬐는

□陰《かげ》っても陰っても
be frequently covered by clouds
不论怎么被遮挡
아무리 그늘져도

光景となったという、初めに月ありきの那智《なち》を上下一体で描いているのが、筆者には大変面白く思われました。

此日《このひ》ごろ庭も掃《は》かねば杉《すぎ》の葉《は》に散りかさなれる山茶花《さざんくわ》の花
秋の日の蕎麦《そば》を刈る日の暖《あたたか》に蛙《かはづ》が鳴きてまたなき止《や》みぬ
麥《むぎ》をまく日和《ひより》よろしみ野を行けば秋の雲雀《ひばり》のたまたまになく
小春日《こはるび》の鍋《なべ》の炭掻《すみか》き洗《あら》ひ干《ほ》す籬《かき》をめぐりて咲く黄菊の花

この四首の歌の中に、「此《この》日ごろ」「秋の日」「蕎麦《そば》を刈《か》る日」「麦をまく日和《ひより》」「小春日」と「日」を含んだことばが五つのフレーズになって使われています。これは、長塚《ながつか》節《たかし》がどうこうという問題でなく、こういう田園生活の中で、「日」という単位のことばが、随分《ずいぶん》いろいろなニュアンスの違いを持ちながら使われていることを面白く思ったので、取り出してみました。でも、これはもう、うるさく論じないことにします。何か感じていただければ幸いです。

この章の最後に、斎藤茂吉《さいとうもきち》。この人は、文句なしに赤々《あかあか》と燃える人です。

あかあかと一本《いっぽん》の道とほりたりたまきはる(＊83)我《わ》が命《いのち》なりけり

□初《はじ》めに月《つき》ありき
at first there was the moon
最初设定月亮的存在
먼저 달이 있고나서야

□ニュアンス
nuance
细微差別
뉘앙스

□うるさく論《ろん》じない
to not explain minutely
不做更多说明
구구절절히
설명하지 않다

と言い切る人です。私の見る世界の中で、この人ほど母を愛し敬《けい》した人は居ません。歌集『赤光《しゃっこう》（＊84）』の一番中心の歌群《かぐん》は「死にたまふ母」の一群です。まさに死に行く母を歌った歌が百首以上続きます。それらを全部引くわけには行きませんから、えりすぐって引いてみます。

はるばると薬《くすり》をもちて來《き》しわれを目守《まも》りたまへりわれは子なれば
寄り添へる吾《われ》を目守《まも》りて言ひたまふ何かいひたまふわれは子なれば
山いづる太陽光《たいやうくわう》を拝みたりをだまきの花咲きつづきたり
死に近き母に添寝《そひね》のしんしんと遠田《とほた》のかはづ天《てん》に聞《きこ》ゆる
死に近き母が目《め》に寄《よ》りをだまきの花咲きたりといひにけるかな
春なればひかり流れてうらがなし今は野《ぬ》のべに蟆子《ぶと》も生《あ》れしか
死に近き母が額《ひたひ》を撫《さす》りつつ涙ながれて居たりけるかな
我《わ》が母よ死にたまひゆく我《わ》が母よ我《わ》を生《う》まし乳足《ちた》らひし母よ
いのちある人あつまりて我が母のいのち死行《しゆ》くを見たり死ゆくを
ひとり來《き》て蠶《かふこ》のへやに立ちたれば我《わ》が寂《さび》しさは極《きわ》まりにけり
わが母を焼《や》かねばならぬ火を持てり天《あま》つ空《そら》には見るものもなし

- □ 蠶《かふこ》（「カイコ」の別名）
  silkworm
  蚕
  누에
- □ 蟆子《ぶと》（「ブヨ」の別名）
  black fly; gnat
  蚋
  파리매 (곤충)
- □ 乳足《ちた》らひし母
  a mother with ample milk
  母乳养育我长大的母亲
  젖을 충분히 준 어머니
- □ をだまき（おだまき）
  granny's connet (flower)
  耧斗花
  매발톱꽃
- □ かはづ（「カエル」の別名）
  frog
  青蛙
  개구리
- □ まさに死に行く
  be dying
  即将临终
  막 죽어가다
- □ えりすぐって
  select the best
  精选
  골라내어

星のゐる夜ぞらのもとに赤赤《あかあか》とははそはの(＊85)母は燃《も》えゆきにけり
さ夜《よ》ふかく母を葬《はふ》りの火を見ればただ赤くもぞ燃えにけるかも
はふり火を守《まも》りこよひは更《ふ》けにけり今夜《こよひ》の天《てん》のいつくしきかも

「光」をテーマにして記して来たこの章の記述、なまじ私の賢《さか》しらの言葉で締《し》めくくるよりは、赤々《あかあか》と燃える茂吉《もきち》のことばで終る方がいいと思いますので、第一章の記述を、これで終ることにします。

■引用文献■　**※原則としてルビを含む表記は引用文献にしたがった。**

『先代旧事紀』：『先代舊事本紀　訓註』大野七三（編著）（1989）意富之舎（刊行）、新人物往来社（発売）
『今昔物語』：『日本古典全書「今昔物語」六』長野嘗一（1956）朝日新聞社
『竹取物語』：『日本古典全書「竹取物語・伊勢物語」』南波浩（1960）朝日新聞社
『古今和歌集』：『日本古典全書「古今和歌集」』西下経一（1948）朝日新聞社
芭蕉の句：『芭蕉俳句集』中村俊定（1970）岩波書店
『日本古典文学大系46　芭蕉文集』（1959）岩波書店
蕪村の句：『蕪村俳句集』尾形仂（1989）岩波書店
『蕪村七部集』：『蕪村研究資料集成　作品研究3』久富哲雄・谷地快一（監修）（1993）クレス出版

□なまじ
half-hearted
不成熟的
어설픈

□葬《はふ》り（古語《こご》）
funeral
埋葬
장사지냄

□賢《さか》しら
to speak knowingly
自以为是
똑똑한 체 하는

□いつくし（古語《こご》）
majestic beauty
庄严美丽
장엄함

若山牧水の歌：『若山牧水歌集』伊藤一彦（編）（2004）　岩波書店
　『若山牧水歌集』若山喜志子（選）（1936）　岩波書店
夏目漱石の歌：『四篇』夏目漱石（1910）　春陽堂
　『硝子戸の中』夏目漱石（1933）　岩波書店
　『夏目漱石全集』夏目漱石（1994）　筑摩書房
長塚節の歌：『長塚節歌集』長塚節（1933）　岩波書店
斉藤茂吉の歌：『斉藤茂吉秀歌評釈』鎌田五郎（1995）　風間書房
　『赤光』斉藤茂吉（1949）　千日書房

■脚注■

（＊1）**古事記《こじき》**：日本最古《にほんさいこ》の歴史書《れきししょ》（全三巻）で、奈良時代初期《ならじだいしょき》（七一二年）に成立《せいりつ》したとされる。国《くに》つくりの神話的物語《しんわてきものがたり》から始《はじ》まり、推古天皇《すいこてんのう》（在位《ざいい》：592-628）までの神話《しんわ》、伝説《でんせつ》、歌謡《かよう》などを納《おさ》めており、天皇統治《てんのうとうち》の由来《ゆらい》と正当性《せいとうせい》を説《と》こうとしたもの。

（＊2）**天地開闢《てんちかいびゃく》**：一般的《いっぱんてき》には天《てん》と地《ち》がわかれてできた世界《せかい》の始《はじ》まりのことであるが、『古事記《こじき》』では天《てん》と地《ち》が創造《そうぞう》された後《あと》、高天原《たかまがはら》（天《てん》）に三柱《さんばしら》の神《かみ》が生《う》まれるところから始《はじ》まる。

（＊3）**高天原《たかまがはら》**：『古事記《こじき》』の冒頭《ぼうとう》で、三神《みかみ》が出現《しゅつげん》する場所《ばしょ》。

（＊4）**柱《はしら》**：神《かみ》や仏《ほとけ》、高貴《こうき》な人《ひと》などを数《かぞ》えるときの助数詞《じょすうし》。

（＊5）**弁慶《べんけい》の立《た》ち往生《おうじょう》**：弁慶《べんけい》は、源義経《みなもとのよしつね》に仕《つか》えた人物《じんぶつ》の名前《なまえ》。弁慶《べんけい》は橋《はし》の上《うえ》に立《た》ち、敵《てき》の攻撃《こうげき》から義経《よしつね》を守《まも》るため、敵《てき》の前《まえ》に立《た》ちふさがって全身《ぜんしん》に矢《や》を受《う》けながら立《た》ったまま死《し》んだ（立《た》ち往生《おうじょう》）という伝説《でんせつ》がある。

（＊6）**生命交替劇《せいめいこうたいげき》**：死《し》ぬ者《もの》がいる一方《いっぽう》で新《あら》たな命《いのち》が次々《つぎつぎ》と生《う》まれる、まるで劇《げき》のような緊張《きんちょう》や感動《かんどう》のある変化《へんか》の激《はげ》しい出来事《できごと》。

（＊7）**ハード面《めん》とソフト面《めん》**：ここでは、国生《くにう》みや国《くに》の体制《たいせい》を整《ととの》えるための場所《ばしょ》や設備《せつび》などのこと（ハードウェア）と国《くに》の運営《うんえい》のための人作《ひとづく》りなどの体制《たいせい》やプログラム（ソフトウェア）のこと。

（＊8）**黄泉国《よみのくに》**：死者《ししゃ》の国《くに》。

（＊9）**出雲《いずも》の国《くに》**：現在《げんざい》の島根県東部《しまねけんとうぶ》のあたり。

（＊10）**伯伎《ほうき》の国《くに》**：現在《げんざい》の鳥取県西部《とっとりけんせいぶ》のあたり。

（＊11）**八雷神《はちらいしん》**：イザナミの体《からだ》から生《う》まれた雷 現象《かみなりげんしょう》に関《かか》わると言《い》われる八《やっ》つの神々《かみがみ》。

（＊12）**カヅラ（御鬘《かづら》）**：ツルクサなどを頭《あたま》の飾《かざ》りとして掛《か》けたもの。

（＊13）**エビカヅラノミ（蒲子《がまこ》）**：山《やま》ブドウの実《み》。

（＊14）**黄泉比良坂《よもつひらさか》**：黄泉《よみ》の国《くに》と現世《げんせ》との境界《きょうかい》にある坂《さか》。

（＊15）**千引《ちび》きの岩《いわ》**：動《うご》かすのに千人《せんにん》もの力《ちから》が必要《ひつよう》な巨大《きょだい》な岩《いわ》。

（＊16）**四谷怪談《よつやかいだん》のお岩《いわ》さん**：四谷怪談《よつやかいだん》とは、四谷《よつや》という場所《ばしょ》で起《お》きた事件《じけん》をもとにつくられた怖《こわ》い話《はなし》。夫《おっと》に殺《ころ》された妻《つま》のお岩《いわ》が幽霊《ゆうれい》となって復讐《ふくしゅう》するというストーリー。

（＊17）**うらみ晴《はれ》らさでおくべしや**：「恨《うら》みを晴《は》らさないではいられない」という意味《いみ》で、幽霊《ゆうれい》になってまで夫《おっと》に復讐《ふくしゅう》しようとするお岩《いわ》の強烈《きょうれつ》な復讐心《ふくしゅうしん》を象徴《しょうちょう》する言葉《ことば》。

（＊18）**筑紫《つくし》の国《くに》**：現在《げんざい》の福岡県中央部《ふくおかけんちゅうおうぶ》から西部《せいぶ》のあたり。

（＊19）**みそぎはらい**：からだについた罪《つみ》や汚《きたな》いものを川《かわ》や海《うみ》の水《みず》で洗《あら》い流《なが》して清《きよ》めること。「みそぎ

（禊《みそ》ぎ）」とも言う。

（＊20）**明治維新《めいじいしん》**：江戸幕府《えどばくふ》から明治政府《めいじせいふ》への政治体制《せいじたいせい》の変革《へんかく》のこと。「明治《めいじ》」という元号《げんごう》が定《さだ》められ、天皇親政《てんのうしんせい》の明治時代《めいじじだい》が始《はじ》まったのは一八六八年。

（＊21）**天《あま》の岩戸《いわと》**：アマテラスがスサノヲの乱暴《らんぼう》に腹《はら》を立《た》てて身《み》を隠《かく》した洞窟《どうくつ》のこと。

（＊22）**八尺鏡《やたかがみ》**：天皇《てんのう》の地位《ちい》の象徴《しょうちょう》とされる三種《さんしゅ》の神器《しんき》（「鏡《かがみ》」「玉《たま》」「剣《けん》」の三つの宝物《たからもの》）の一つ。

（＊23）**ヌードショウ**：和製英語《わせいえいご》（nude + show）で、裸《はだか》を見《み》せるショー。

（＊24）**やんややんや**：大変《たいへん》に褒《ほ》めている様子《ようす》、またそのときに発《はっ》せられる言葉《ことば》。

（＊25）**先代旧事紀《せんだいくじき》**：『先代旧事本紀《せんだいきゅうことほんぎ》』とも言《い》う。天地開闢《てんちかいびゃく》（日本の国《くに》つくり）から推古天皇《すいこてんのう》（在位《ざいい》：592-628）までの歴史《れきし》を記録《きろく》した歴史書《れきししょ》。実際《じっさい》の成立《せいりつ》の経緯《けいい》については不明《ふめい》な点《てん》が多《おお》い。全十巻《ぜんじゅっかん》。

（＊26）**かぐや姫《ひめ》**：『竹取物語《たけとりものがたり》』に登場《とうじょう》する月《つき》から来《き》た女性《じょせい》。光《ひか》り輝《かがや》く竹《たけ》の中《なか》から見《み》つかり、美《うつく》しく成長《せいちょう》し、多《おお》くの男性《だんせい》や帝《みかど》からの求婚《きゅうこん》を拒《こば》んで、やがて迎《むか》えが来《き》て月《つき》に帰《かえ》って行《い》く。

（＊27）**竹取物語《たけとりものがたり》**：『かぐや姫《ひめ》の物語《ものがたり》』、『かぐや姫《ひめ》』とも呼《よ》ばれ、日本最古《にほんさいこ》の物語《ものがたり》とも言《い》われる。作者《さくしゃ》、成立年《せいりつねん》ははっきりしないが、遅《おそ》くとも10世紀中頃《せいきなかごろ》には成立《せいりつ》していたと考《かんが》えられている。

（＊28）**今昔物語《こんじゃくものがたり》**：『今昔物語集《こんじゃくものがたりしゅう》』ともいう。作者《さくしゃ》ははっきりしないが、平安時代《へいあんじだい》（794-1192）後期《こうき》に成立《せいりつ》したと考《かんが》えられている説話集《せつわしゅう》。全三十一巻《ぜんさんじゅういっかん》。

（＊29）**天竺《てんじく》**：地名《ちめい》。インドの古称《こしょう》。

（＊30）**大和国《やまとのくに》十市郡《といちのこうり》**：大和国《やまとのくに》（現在《げんざい》の奈良県《ならけん》のあたり）にあった郡《こおり》の名称《めいしょう》。「郡《こおり》」は当時《とうじ》の行政組織《ぎょうせいそしき》に位置《いち》づけられる行政単位《ぎょうせいたんい》で、大和国《やまとのくに》は十五の郡《こおり》に区画《くかく》されていた。

(＊31) **十五夜《じゅうごや》**：「太陰暦《たいいんれき》」の毎月十五日《まいつきじゅうごにち》の満月《まんげつ》の夜《よる》。

(＊32) **金縛《かなしば》り**：意識《いしき》がはっきりしているにもかかわらず体《からだ》を動《うご》かすことができない状態《じょうたい》。

(＊33) **上位次元《じょういじげん》**：ここでは、人間《にんげん》のいる地上界《ちじょうかい》ではなく、ずっと上位《じょうい》の天上界《てんじょうかい》のレベルを意味《いみ》している。

(＊34) **古今和歌集《こきんわかしゅう》**：10世紀初期《せいきしょき》に成立《せいりつ》した日本最初《にほんさいしょ》の勅撰和歌集《ちょくせんわかしゅう》(天皇《てんのう》の命令《めいれい》によって作《つく》られた和《わ》歌集《かしゅう》)。約《やく》一一〇〇首以上《しゅいじょう》の歌《うた》が収《おさ》められている。『古今集《こきんしゅう》』とも言《い》う。

(＊35)「**さお**」か「**かぎ**」：雁《がん》の群《む》れが一部《いちぶ》は「さお」のように一列《いちれつ》にまっすぐに並《なら》び、また一部《いちぶ》は「かぎ」のようにV字型《じがた》に隊列《たいれつ》を組《く》んで、一方向《いちほうこう》に飛《と》んでいく様子《ようす》を表《あらわ》している。

(＊36) **柞《ははそ》**：コナラ(木楢《こなら》)などブナ科《か》の木《き》の別名《べつめい》。

(＊37) **松尾芭蕉《まつおばしょう》**：江戸時代前期《えどじだいぜんき》の俳人《はいじん》(1644-1694)。俳諧《はいかい》の芸術的完成者《げいじゅってきかんせいしゃ》といわれる。

(＊38) **与謝蕪村《よさのぶそん》**：江戸時代中期《えどじだいちゅうき》の俳人《はいじん》、画家《がか》(1716-1783)。

(＊39) **奥《おく》の細道《ほそみち》**：芭蕉《ばしょう》は一六八九年、門人《もんじん》の曽良《そりょう》を伴《ともな》って江戸《えど》を出発《しゅっぱつ》し東北《とうほく》、北陸地方《ほくりくちほう》の各地《かくち》を旅《たび》して大垣《おおがき》(現在《げんざい》は岐阜県《ぎふけん》にある大垣市《おおがきし》の一画《いっかく》)に至《いた》る約《やく》二四〇〇キロに及《およ》ぶ旅《たび》をした。その旅《たび》の折々《おりおり》に各地《かくち》で詠《よ》んだ俳句《はいく》をまとめた書物《しょもつ》。一七〇二年刊行《かんこう》。

(＊40) **金沢《かなざわ》**：現在《げんざい》の石川県中央部《いしかわけんちゅうおうぶ》にある金沢市《かなざわし》の一画《いっかく》。

(＊41) **小松《こまつ》**：現在《げんざい》の石川県南部《いしかわけんなんぶ》にある小松市《こまつし》のあたり。

(＊42) **羽黒《はぐろ》**：出羽三山《でわさんざん》と呼《よ》ばれる羽黒山《はぐろさん》、月山《がっさん》、湯殿山《ゆどのさん》のうちの羽黒山《はぐろさん》のこと。現在《げんざい》の山形県鶴岡市《やまがたけんつるおかし》に属《ぞく》する。

（＊43）**酒田《さかた》**：現在《げんざい》の山形県酒田市《やまがたけんさかたし》のあたり。芭蕉《ばしょう》が船《ふね》で下《くだ》った最上川《もがみがわ》の河口付近《かこうふきん》に位置《いち》する。

（＊44）**中秋《ちゅうしゅう》の名月《めいげつ》**：太陰暦《たいいんれき》の秋《あき》は七～九月で、八月はその秋《あき》の盛《さか》り。八月（中秋《ちゅうしゅう》）の十五日の満月《まんげつ》は一年で一番美《いちばんうつく》しく見《み》える月《つき》（名月《めいげつ》）とされる。

（＊45）**そおら**：注意《ちゅうい》をひくときの掛《か》け声《ごえ》。「そら」を強調《きょうちょう》した表現《ひょうげん》。

（＊46）**風蕭々《かぜしょうしょう》として易水寒《えきすいさむ》し。**：「風《かぜ》が冷《つめ》たくもの寂《さび》しく吹《ふ》いていて、易水《えきすい》は心底寒々《しんそこさむざむ》としている。」紀元前一世紀《きげんぜんいっせいき》に成立《せいりつ》した中国《ちゅうごく》の歴史書《れきししょ》『史記《しき》』の中《なか》に出《で》てくる詩句《しく》の一節《いっせつ》。易水《えきすい》という川《かわ》の畔《あぜ》で多《おお》くの人々《ひとびと》に見送《みおく》られながら死《し》を覚悟《かくご》して出発《しゅっぱつ》する刺客《しかく》の気持《きも》ちが表現《ひょうげん》されている。ここではただの「寒《さむ》さ」ではなく、「もの寂《さび》しく心細《こころぼそ》く寒々《さむざむ》とした気持《きも》ちになる」というあたりの光景《こうけい》の雰囲気《ふんいき》を伝《つた》えようとして引用《いんよう》されている。

（＊47）**野《の》ざらし紀行《きこう》**：『甲子吟行《かっしぎんこう》』とも呼《よ》ばれる。一六八五年刊行《かんこう》。一六八四年、芭蕉《ばしょう》の故郷《こきょう》の伊賀《いが》上野《うえの》（現在《げんざい》の三重県伊賀市《みえけんいがし》のあたり）に旅《たび》をしたときの紀行文《きこうぶん》。

（＊48）**桑名《くわな》**：現在《げんざい》の三重県桑名市《みえけんくわなし》のあたり。

（＊49）**笈《おい》の小文《こぶみ》**：『卯辰紀行《うたつきこう》』、『庚午紀行《こうごきこう》』、『大和紀行《やまときこう》』とも呼《よ》ばれる。一七〇九年刊行《かんこう》。一六八七年、江戸《えど》から現在《げんざい》の名古屋《なごや》あたりを経《へ》て紀伊半島《きいはんとう》を抜《ぬ》け、奈良《なら》・大阪《おおさか》から明石《あかし》までを旅《たび》したときの紀行文《きこうぶん》。

（＊50）**唐招提寺《とうしょうだいじ》**：現在《げんざい》の奈良市五条町《ならしごじょうちょう》にある寺院《じいん》。唐《とう》（昔《むかし》の中国《ちゅうごく》）から来日《らいにち》した僧侶鑑真《そうりょがんじん》が七五九年に、朝廷《ちょうてい》から譲《ゆず》り受《う》けた土地《とち》に建《た》てたもので、現在《げんざい》はユネスコ世界遺産《せかいいさん》に登録《とうろく》されている。

（＊51）**鑑真和上《がんじんわじょう》**：唐《とう》から日本に来《き》た高僧《こうそう》（688-763）。

（＊52）**日光東照宮《にっこうとうしょうぐう》**：現在《げんざい》の栃木県日光市《とちぎけんにっこうし》にある神社《じんじゃ》。江戸幕府《えどばくふ》を開《ひら》いた初代将軍《しょだいしょうぐん》の徳川家康《とくがわいえやす》の霊《れい》を祀《まつ》っているもので、現在《げんざい》はユネスコ世界遺産《せかいいさん》に登録《とうろく》されている。

(＊53) **空海**《くうかい》：平安時代初期《へいあんじだいしょき》の僧《そう》(774-835)。真言宗《しんごんしゅう》の開祖《かいそ》。九二一年、醍醐天皇《だいごてんのう》によって与《あた》えられた「弘法大師《こうぼうだいし》」の名《な》でも知《し》られている。

(＊54) **徳川家康**《とくがわいえやす》：15世紀末《せいきまつ》から16世紀末《せいきまつ》にかけて各地《かくち》で大名《だいみょう》が勢力《せいりょく》を争《あらそ》い戦乱《せんらん》が続《つづ》いた時代《じだい》の武将《ぶしょう》(戦国大名《せんごくだいみょう》)(1542-1616)。一六〇三年に征夷大将軍《せいいたいしょうぐん》に任命《にんめい》されて江戸幕府《えどばくふ》を開《ひら》いた。

(＊55) **明石**《あかし》：現在《げんざい》の兵庫県明石市《ひょうごけんあかしし》の一画《いっかく》。

(＊56) **伊勢神宮**《いせじんぐう》：現在《げんざい》の三重県伊勢市《みえけんいせし》にある神社《じんじゃ》。

(＊57) **ぐいと**：勢《いきお》いがよいという意味《いみ》を添《そ》える表現《ひょうげん》。

(＊58) **スパッと**：思《おも》い切《き》って一気《いっき》に行《おこな》う様子《ようす》を表《あらわ》す表現《ひょうげん》。

(＊59) **一刀彫り**《いっとうぼ》：木《き》を一本《いっぽん》の小刀《こがたな》で削《けず》り、削《けず》り跡《あと》を活《い》かした方法《ほうほう》によってつくられる彫刻《ちょうこく》、また、その技法《ぎほう》。

(＊60) **長良川**《ながらがわ》**の鵜飼**《うか》**い**：「長良川《ながらがわ》」は岐阜県《ぎふけん》にある川《かわ》、「鵜飼《うか》い」は、鵜《う》という鳥《とり》をつかって魚《さかな》をとる伝統的《でんとうてき》な漁法《ぎょほう》、またその漁法《ぎょほう》で漁《りょう》をする漁師《りょうし》のこと。鵜飼《うか》いは各地《かくち》にあるが、日本では長良川《ながらがわ》の鵜飼《うか》いが有名《ゆうめい》。

(＊61) **歓楽極**《かんらくきわ》**まって哀感生**《あいかんしょう》**ず**：喜《よろこ》びや楽《たの》しいことが極《きわ》まると、かえって哀《かな》しい気持《きも》ちが生《う》まれてくるということ。漢《かん》の武帝《ぶてい》の「春風辞《しゅんぷうのじ》」にでてくる表現《ひょうげん》。

(＊62) **わび・さび**：日本の美意識《びいしき》を表《あらわ》す重要《じゅうよう》な用語《ようご》、概念《がいねん》。「わび」は華《はな》やかさと反対《はんたい》の粗末《そまつ》さのなかにある美《び》、「さび」は時間《じかん》がたって古《ふる》くなったもののなかにある美《び》を言《い》う。

(＊63) **閻魔大王**《えんまだいおう》：仏教《ぶっきょう》やヒンドゥー教《きょう》における地獄《じごく》の王《おう》、神《かみ》、責任者《せきにんしゃ》。死《し》んだ人《ひと》の罪《つみ》を裁《さば》く地獄《じごく》の王様《おうさま》。

（＊64）**牡丹《ぼたん》**：中国原産《ちゅうごくげんさん》で、赤《あか》、紫《むらさき》、白《しろ》などの大《おお》きな花《はな》をつける小低木《しょうていぼく》。

（＊65）**嵯峨野《さがの》**：京都府京都市右京区《きょうとふきょうとしうきょうく》の地名《ちめい》。

（＊66）**鬼火《おにび》、狐火《きつねび》**：冬《ふゆ》から春《はる》にかけての夜《よる》に野原《のはら》などで見《み》られる不思議《ふしぎ》な青白《あおじろ》い炎《ほのお》。狐《きつね》の口《くち》から出《で》ていると言《い》われることから狐火《きつねび》とか鬼火《おにび》とか呼《よ》ばれる。

（＊67）**河内《かわち》**：現在《げんざい》の大阪府東部《おおさかふとうぶ》のあたり。

（＊68）**リン**：元素《げんそ》の一つ。元素記号《げんそきごう》はP。俗説《ぞくせつ》では空気中《くうきちゅう》で自然発火《しぜんはっか》して狐火《きつねび》などになると言《い》われている。

（＊69）**盆踊《ぼんおど》り**：お盆《ぼん》の時期《じき》（太陰暦《たいいんれき》では七月十五日頃《ごろ》、太陽暦《たいようれき》では八月五日前後《ぜんご》）には、亡《な》くなった人《ひと》たちの魂《たましい》が、家族《かぞく》のもとに帰《かえ》ってくると考《かんが》えられている。盆踊《ぼんおど》りはその魂《たましい》を迎《むか》えるための踊《おど》り。

（＊70）**蕪村七部集《ぶそんしちぶしゅう》**：与謝蕪村一門《よさのぶそんいちもん》の代表的俳句集《だいひょうてきはいくしゅう》を編集《へんしゅう》したもの。一八〇九年刊行《かんこう》。

（＊71）**じんだ味噌《みそ》**：魚《さかな》のほぐし身《み》と麦味噌《むぎみそ》を合《あ》わせた山口県《やまぐちけん》に古《ふる》くから伝《つた》わる味噌《みそ》。

（＊72）**のろし（狼火）**：敵《てき》が来《き》たり、何《なに》か大変《たいへん》なことが起《お》こったりした時《とき》に遠《とお》くの人《ひと》に知《し》らせるための合図《あいず》として、火《ひ》や煙《けむり》を高《たか》く上《あ》げるもの。

（＊73）**若山牧水《わかやまぼくすい》**：日本の歌人《かじん》（1885-1928）。

（＊74）**夏目漱石《なつめそうせき》**：明治時代《めいじじだい》の小説家《しょうせつか》、評論家《ひょうろんか》、英文学者《えいぶんがくしゃ》（1867-1916）。

（＊75）**あの猫《ねこ》**：夏目漱石《なつめそうせき》の代表作《だいひょうさく》『吾輩《わがはい》は猫《ねこ》である』という小説《しょうせつ》のモデルとなった猫《ねこ》。

（＊76）**陽炎《かげろう》**：よく晴《は》れた日射《ひざ》しの強《つよ》い日《ひ》に、地面《じめん》から立《た》ち上《のぼ》る色《いろ》のないゆらゆらしたもの。

（＊77）**写実主義《しゃじつしゅぎ》**：主観的《しゅかんてき》な要素《ようそ》を排除《はいじょ》して、現実《げんじつ》をありのままに写《うつ》し取《と》ろうとする芸術上《げいじゅつじょう》の立場《たちば》、考《かんが》えかた。

（＊78）**アララギ派《は》**：明治時代《めいじじだい》の一九〇八年につくられた『アララギ』という短歌《たんか》の雑誌《ざっし》があり、それに関係《かんけい》した歌人《かじん》たち一派《いっぱ》のことをアララギ派《は》と呼《よ》んだ。

（＊79）**長塚節《ながつかたかし》**：日本の歌人《かじん》、小説家《しょうせつか》(1879-1915)。『アララギ』の創刊《そうかん》に関《かか》わった。

（＊80）**斎藤茂吉《さいとうもきち》**：日本の歌人《かじん》、精神科医《せいしんかい》(1882-1953)。大正《たいしょう》から昭和前期《しょうわぜんき》にかけてのアララギ派《は》の中心人物《ちゅうしんじんぶつ》。

（＊81）**鬼怒川《きぬがわ》**：栃木県日光市《とちぎけんにっこうし》を水源《すいげん》として関東平野《かんとうへいや》を南《みなみ》に下《お》り利根川《とねがわ》に合流《ごうりゅう》する一級河川《いっきゅうかせん》。全長約《ぜんちょうやく》一七六キロ。

（＊82）**那智滝《なちのたき》**：和歌山県《わかやまけん》を流《なが》れる那智川《なちがわ》の中流域《ちゅうりゅういき》にある滝《たき》。高《たか》さ約《やく》一三三メートル。

（＊83）**たまきはる**：「命《いのち》」にかかる枕詞《まくらことば》。

（＊84）**赤光《しゃっこう》**：斎藤茂吉《さいとうもきち》の第一歌集《だいいちかしゅう》。一九一三年、東雲堂書店《しののめどうしょてん》から初版発行《しょはんはっこう》。茂吉自身《もきちじしん》とアララギ派《は》の歌壇《かだん》に於《お》ける地位《ちい》を確立《かくりつ》した。

（＊85）**ははそはの**：「母《はは》」にかかる枕詞《まくらことば》。

古事記神名表　第１表

天地開闢からイザナギ・イザナミまで。別天神(コトアマツカミ)と神世七代(カミヨナナヨ)の神々。

1.	天之御中主神	アメノミナカヌシノカミ		別天神《コトアマツカミ》
2.	高御産巣日神	タカミムスビノカミ		別天神《コトアマツカミ》
3.	神産巣日神	カミムスビノカミ		別天神《コトアマツカミ》
4.	宇摩志阿斯訶備比古遅神	ウマシアシカビヒコジノカミ		別天神《コトアマツカミ》
5.	天之常立神	アメノトコタチノカミ		別天神《コトアマツカミ》
6.	国之常立神	クニノトコタチノカミ	一代《ひとよ》	神世七代《カミヨナナヨ》
7.	豊雲野神	トヨクモヌノカミ	一代《ひとよ》	神世七代《カミヨナナヨ》
8.	宇比地邇神	ウヒヂニノカミ	一代《ひとよ》	神世七代《カミヨナナヨ》
9.	妹須比智邇神	イモスヒヂニノカミ	一代《ひとよ》	神世七代《カミヨナナヨ》
10.	角杙神	ツノグヒノカミ	一代《ひとよ》	神世七代《カミヨナナヨ》
11.	妹活杙神	イモイクグヒノカミ	一代《ひとよ》	神世七代《カミヨナナヨ》
12.	意富斗能地神	オホトノヂノカミ	一代《ひとよ》	神世七代《カミヨナナヨ》
13.	妹六斗乃弁神	イモオホトノベノカミ	一代《ひとよ》	神世七代《カミヨナナヨ》
14.	於母陀流神	オモダルノカミ	一代《ひとよ》	神世七代《カミヨナナヨ》
15.	妹阿夜訶志古泥神	イモアヤカシコネノカミ	一代《ひとよ》	神世七代《カミヨナナヨ》
16.	伊邪那岐神	イザナギノカミ	一代《ひとよ》	神世七代《カミヨナナヨ》
17.	妹伊邪那美神	イモイザナミノカミ	一代《ひとよ》	神世七代《カミヨナナヨ》

(注)1.～7.の七体の神々は「隠身」と記され、「御身《みみ》を隠《かく》し給《たま》ひき」と読まれている。「人間の目には見えない神々である。」という意味。

古事記神名表　第2表

イザナギ・イザナミの結婚による国産み。日本国土の生成。

1．淡道之穂之狭別島　アワジノホノサワケノシマ
2．伊予の二名島　イヨノフタナノシマ
　　伊予国　イヨクニ ＝ 愛比売　エヒメ
　　讃岐国　サヌキクニ＝ 飯依比古　イイヨリヒコ
　　粟　国　アワクニ＝ 大宜都比売　オオゲツヒメ
　　土左国　トサクニ＝ 建依別　タケヨリワケ
3．隠伎の三子島　ミツゴノシマ ＝ 天之忍許呂別　アメノオシコロワケ
4．筑紫島　ツクシノシマ
　　筑紫国　ツクシノクニ ＝ 白日別　シラヒワケ
　　豊　国　トヨクニ ＝ 豊日別　トヨヒワケ
　　肥　国　ヒノクニ ＝ 建日向日豊久士比泥別　タケヒムカヒトヨクシヒネワケ
　　熊曽国　クマソノクニ ＝ 建日別　タケヒワケ
5．伊伎島　イキノシマ ＝ 天比登都柱　アメヒトノバシラ
6．津　島　ツシマ ＝ 天之狭手依比売　アメノサテヨリヒメ
7．佐度島　サドノシマ
8．大倭秋津島　オオヤマトトヨアキツシマ ＝ 天御虚空豊秋津根別
　　アマツミソラトヨアキツネワケ
9．吉備児島　キビノコジマ ＝ 建日方別　タケヒカタワケ
10．小豆島　アズキジマ ＝ 大野手比売　オオノテヒメ
11．大　島　オオシマ ＝ 大多麻流別　オオタマルワケ
12．女　島　ヒメシマ ＝ 天一根　アメヒトツネ
13．知訶島　チカノシマ ＝ 天之忍男　アメノオシヲ
14．両児島　フタゴノシマ ＝ 天両屋　アメノフタヤ

31. 鳥石楠船神　トリノイワクスブネノカミ　運輸大臣的な神（堅牢で高速な船に当たる）

32. 大宣都比売神　オオゲツヒメノカミ　食料確保を受けもつ神（ケ＝大御食〈オオミケ〉）

33. 火夜芸速男神　ヒノヤギハヤオノカミ　燃える火の神

34. 金山毗古神　カナヤマビコノカミ　鉱山の男神

35. 金山毗売神　カナヤマビメノカミ　鉱山の女神

36. 波邇夜須毗古神　ハニヤスビコノカミ　田畑の肥料を確保する男神

37. 波邇夜須毗売神　ハニヤスビメノカミ　田畑の肥料を確保する女神

38. 弥都波能女神　ヤツハノメノカミ　田畑への水やり（潅漑）の神

39. 和久産巣日神　ワクムスビノカミ　穀物生育の神（ワク＝若き。若きを育てる神）

40. 豊宇気毗売神　トヨウケビメノカミ　豊作の女神

（注１）11番から18番までの８神と、23番から30番までの８神、合わせて16体の神々は、イザナミの直接出産ではなく、子が子を産んだ孫出産の神々です。

（注２）33番のヒノヤギハヤオ（ホノヤギハヤオともいう）は火の神ですから、この神を生んだための焼けどで、イザナミは、遂に身まかることになります。34番以後の神々は、イザナミの吐瀉物や排泄物から生まれています。また、最後のトヨウケビメノカミは、その前のワクムスビノカミの「子」と記されていますが、その関係は、よくわかりません。つまり、いろいろな「産みかた」「生まれかた」があって、“神”の出生のしかたは、決して一様ではないということです。

古事記神名表　第3表

イザナギ・イザナミの神産み。即ち、イザナミの大活動と、その終焉まで。

1．大事忍男神　オホコトオシヲノカミ　国産みの大事を見とどけた神
2．石土毘古神　イハツチビコノカミ　土台石となる岩石の神
3．石巣比売神　イワスヒメノカミ　砂や壁土の神
4．大戸日別神　オホトヒワケノカミ　門戸・出入口の神
5．天吹男神　アメノフキヲノカミ　家の屋根葺きの神
6．大屋毘古神　オホヤビコノカミ　大屋根の神
7．風木津別忍男神　カザキツワケノオシヲノカミ　荒い風を防ぐ神
8．大綿津見神　オホワタツミノカミ　大海の神
9．速秋津日子神　ハヤアキツヒコノカミ　海流の神
10．妹速秋津比売神　イモハヤアキツヒメノカミ　流れの女神

- 11．沫那芸神　アワナギノカミ　ゆったり川の流れの神
- 12．沫那美神　アワナミノカミ　波立ち川の流れの神
- 13．頬那芸神　ツラナギノカミ　大泡立ちの神
- 14．頬那美神　ツラナミノカミ　小泡立ちの神
- 15．天水分神　アメノミクマリノカミ　大分水嶺の神
- 16．國水分神　クニノミクマリノカミ　小分水嶺の神
- 17．天之久比奢母智神　アメノクヒザモチノカミ　田に水を運ぶ神
- 18．国之久比奢母智神　クニノクヒザモチノカミ　田に水を注ぐ神

19．志那都比古神　シナツヒコノカミ　長息を吐く風の神
20．久久能智神　ククノチノカミ　茎の立派な樹木の神（ククニクキ。男性器も表わす。）
21．大山津見神　オオヤマツミノカミ　山山を管理する神
22．鹿屋野比売神　カヤノヒメノカミ　カヤ・ススキの野原の神

- 23．天之狭土神　アメノサズチノカミ　高地での峡谷地を守る神
- 24．国之狭土神　クニノサズチノカミ　山の低地を守る神
- 25．天之狭霧神　アメノサギリノカミ　高地での霧を調節する神
- 26．国之狭霧神　クニノサギリノカミ　低地での霧を調節する神
- 27．天之闇戸神　アメノクラトノカミ　高地の谷を守る神
- 28．国之闇戸神　クニノクラトノカミ　低地の谷を守る神
- 29．大戸惑子神　オオトマトイコノカミ　谷の斜面高地を守る神
- 30．大戸惑女神　オオトマトイメノカミ　谷の斜面低地を守る神

B. 同じ川の中つ瀬で。　14神

1. 八十禍津日神	ヤソマガツヒノカミ	ケガレを落す神		
2. 大禍津日神	オホマガツヒノカミ			
3. 神直毘神	カムナオビノカミ	禍《まが》を直さむとして成りませる神		清めの神
4. 大直毘神	オホナオビノカミ			
5. 伊豆能売神	イヅノメノカミ			
6. 底津綿津見神	ソコツワタツミノカミ	水底《すいてい》でのミソギから	阿曇連《アヅミノムラジ》の祖先神	
7. 底筒之男命	ソコツツノヲノミコト			
8. 中津綿津見神	ナカツワタツミノカミ	中《なか》ほどでのミソギから		
9. 中筒之男命	ナカツツノヲノミコト			
10. 上津綿津見神	カミツワタツミノカミ	上《かみ》でのミソギから		
11. 上筒之男命	カミツツノヲノミコト			

12. 天照大神　アマテラスオホミカミ（左目洗い）……………………太陽
13. 月読命　ツクヨミノミコト（右目洗い）…………………………………月
14. 建速須佐之男命　タケハヤスサノヲノミコト（鼻洗い）………風（荒い風）

古事記神名表　第4表

これは、イザナミの没後、男神イザナギの働きで、その手に「成った」神々です。黄泉国から逃げ帰ったイザナギが筑紫の日向の、橘の小門の阿波岐原で、死者の国のケガレを落とすミソギの行事から成り出でた神々です。同じ川で、前半12神の生成を終えてから、場所を、同じ川の“中つ瀬”に移し、後半14神の生成が、なされます。この14神の前半部11神は、イザナギが身につけていた持ち物や衣服を脱ぎ棄てるたびに成り出でた神々。最後の３神が、イザナギの顔洗いから成り出でた、最もビッグな三貴子です。三貴子のラストとしてスサノヲが成り出でたところで、イザナギの活動は終り、その、終った場所である淡海《オオミ》の多賀が、そのままイザナギ終焉の地となりました。

A. 小門の阿波岐原でのミソギから成り出でた神々。　12神

1. 衝立船戸神　ツキタツフナドノカミ……………杖から成り出でた。
2. 道之長乳歯神　ミチノナガチハノカミ……………帯から。
3. 時量師神　トキハガシノカミ……………嚢から。
4. 和豆良比能宇斯能神　ワズライノウシノカミ……ミケシ(御衣)から。
5. 道俣神　チマタノカミ……………ハカマ(褌)から。
6. 飽食之宇斯神　アキグヒノウシノカミ……………冠から。
7. 奥疎神　オキサカルノカミ……………テマキ(手纏)から。(左の)
8. 奥津那芸佐毘古神　オキツナギサビコノカミ……　〃
9. 奥津甲斐弁羅神　オキツカヒベラノカミ……………　〃
10. 辺疎神　ヘサカルノカミ……………同じく、右のテマキ(手纏)から。
11. 辺津那芸佐毘古神　ヘツナギサビコノカミ……　〃
12. 辺津甲斐弁羅神　ヘツカヒベラノカミ……………　〃

第2章

夢

KEYWORDS

- □ 信貴山縁起《しぎさんえんぎ》
- □ 毘沙門天信仰《びしゃもんてんしんこう》
- □ 毘沙門堂《びしゃもんどう》
- □ 朝護孫子寺《ちょうごそんしじ》
- □ 明練《みょうれん》(命蓮《みょうれん》)上人
- □ 今昔物語《こんじゃくものがたり》
- □ 宇治拾遺物語《うじしゅういものがたり》
- □ 飛《と》び倉《ぐら》
- □ 醍醐天皇《だいごてんのう》
- □ 平清盛《たいらのきよもり》
- □ 平家物語《へいけものがたり》
- □ 大安寺別当《たいあんじべっとう》の娘婿《むすめむこ》

一章の初めに

この章では、日本古典《こてん》の中の「夢」を、いくつか読みたどってみますが、その前に、前章でなぜ「光」を観察《かんさつ》し、その次になぜ「夢」を観察しようとするのか、その意味について考えてみましょう。

すべての物は宇宙《うちゅう》の中に存在します。私は、地球の表面を離《はな》れて宇宙空間に出たことがありませんから、宇宙の実情《じつじょう》を知りませんが、多分、この大宇宙は闇《やみ》の無限延長《むげんえんちょう》なのだろうと思っています。その宇宙の中に、何かの理由で「光」が、どこかに発生し、そこに、その中の非常に珍《めずら》しい事件として「生命」が生じ、生命物の中の、さらに非常に希有《けう》な事件として「人間」が生じたものと思います。いや、光の前に「熱」の発生があるはずですが、熱の発生から考えて文学作品を観察しようという思考法《しこうほう》の見通しを、今、私は持っていないので、まず、光に着眼《ちゃくがん》しました。光を「赤光《しゃっこう》」と「白光《びゃっこう》」とに分け、その文学的表現のあり様《よう》をたどってみました。次に第二章として、今度は「夢」を観察しようと思いますが、それはなぜでしょう。

夢ははっきりしないものです。だから頼りにならないものです。夢は自分の心の中のもので、自分しか見ることはできませんが、夢を見ようと思っても見られないし、見たくないと思っても、見る時は見てしまうのです。目が覚めてから夢を覚えていることもありますが、たいていは忘れてしまって、他の人に話そうと思っても思い出すことができません。どうも始末《しまつ》が悪いのですが、生きている間は、見たり見なかったりして、死ぬまで付き合っていかなくてはならないのが夢です。夢の中には何がひそんでいるのか。分かりません。フロイド(*1)が発見したように、夢の中には自分の知らない自分が住んでいるのかも知れません。自分しか見ることができず、それでいて自分ではどうにもコントロールできないのが「自分の夢」です。以下、日本古典の中で私たちの祖先が夢をどう思いどんな夢を見て来たか、しばらくその語《かた》りの声を聞いてみましょう。

　まず第一に見たいのが、『信貴山縁起《しぎさんえんぎ》(*2)』の物語です。信貴山《しぎさん》という山は、奈良《なら》県が大阪府《おおさかふ》に接する辺《あた》りの生駒山系《いこまさんけい》に属《ぞく》し、この山の中腹に、毘沙門天《びしゃもんてん》(*3)信仰《しんこう》の本山《ほんざん》とも見える朝護孫子寺《ちょうごそんしじ》(*4)があります。この寺に、国宝《こくほう》となっている『信貴山縁起絵巻《しぎさんえんぎえまき》』三巻があります。なぜいかなる因縁《いんねん》で、ここが毘沙門天信仰《びしゃもんてんしんこう》の根づく所となったのか、そしてそこに「夢」がどのように関わるのか、その由来《ゆらい》をこの縁起話によってたどってみましょう。まず、この寺「朝護孫子寺《ちょうごそんしじ》」とは、ずいぶん変わった名の寺です。なぜこういう名が付いているのか、この寺はいかにしてできたか。その物語から。

　これは古い由緒《ゆいしょ》のある寺で、そもそもは聖徳太子《しょうとくたいし》(*5)が毘沙門天《びしゃもんてん》を本尊《ほんぞん》にして建てた寺

□始末《しまつ》が悪い
intractable
很麻烦
다루기 어렵다

□いかにして
how
怎样
어떻게 해서

だという言い伝えがありますが、これは証拠《しょうこ》が無くて確かではないので、これ以上は触れません。そして「朝護孫子《ちょうごそんし》」とはその毘沙門天《びしゃもんてん》の護法童子《ごほうどうじ》(＊6)の名です。「護法童子《ごほうどうじ》」を説明しなければなりません。仏様《ほとけさま》たちはそれぞれに、お世話をする従僕《じゅうぼく》を従《したが》えています。例えば、不動明王《ふどうみょうおう》(＊7)には八人もそれがあって、「金伽羅童子《こんがらどうじ》」が特に有名です。同じように、毘沙門天《びしゃもんてん》の護法童子《ごほうどうじ》に朝護孫子《ちょうごそんし》が居るわけですが、「朝護孫子《ちょうごそんし》」というこのいかめしい名前はいかにして付いたか。それにもまた物語があります。それが『信《し》貴山縁起《ぎさんえんぎ》』の物語です。この話は、昔話の宝庫《ほうこ》『今昔物語《こんじゃく》(＊8)』の巻十一、第三十六話に「修行僧明練始建㆓信貴山㆒語」(修行僧明練《しゅぎょうそうみょうれん》、始めて信貴山を建《た》つる語《ものがたり》)とある、ここから始まります。これは、節を改めて述べることにします。

二　信貴山縁起《しぎさんえんぎ》の物語

二の一　修行僧明練《しゅぎょうそうみょうれん》が毘沙門堂《びしゃもんどう》を開く

前の章で『竹取物語《たけとりものがたり》』について語った時に『今昔物語《こんじゃくものがたり》』のことを述べました。この書物には実にたくさんの面白い説話《せつわ》が記されていますが、その中の一つに、明練《みょうれん》という修行僧《しゅぎょうそう》が、生まれた土地を離《はな》れて諸国《しょこく》を歩いた末に、大和《やまと》の国《くに》(＊9)に来て信貴山《しぎさん》に至《いた》り、ある出会いによって毘沙門天信仰《びしゃもんてんしんこう》の修行《しゅぎょう》の根拠地《こんきょち》となる道場《どうじょう》を開く話が載《の》っています

□いかめしい
imposing
显赫
위엄 있는

ので、まずその次第《しだい》をたどります。
明練《みょうれん》は氏《うじ》も素性《すじょう》もはっきりしない、即《すなわ》ち名も無いただの庶民《しょみん》です。生まれは『今昔物語《こんじゃくものがたり》』では「常陸《ひたち》の国《くに》(*10)」とありますが、『宇治拾遺物語《うじしゅういものがたり》(*11)』では「信濃《しなの》の国《くに》(*12)」となっています。でも、そんなことはどうでもいいのです。彼は志《こころざし》のとてもはっきりした人。人生の真理《しんり》とか人の生きるべき道とか、そういう真実の道を求めて放浪《ほうろう》の旅に出た人でした。各地放浪の末に大和《やまと》の国《くに》に来ました。その東部にある一山の峰《みね》に立ち、見回すと、西の山の東の面に一つの小山があり、その頂上部を五色の不思議な形をした雲が覆《おお》っていました。

明練《みょうれん》にこの時一つの直観《ちょっかん》が働きました。「これは、私にとって運命的な山だ」。そう確信した彼は、さらに峰々谷々《みねみねたにだに》を踏《ふ》み越《こ》えてついに「ここだ」と思う山の麓《ふもと》に来ました。そこから先は、これまで誰《だれ》も足を踏《ふ》み入れたことがない真の処女地《しょじょち》です。普通の人なら絶対にそれ以上の登山をあきらめるところですが、明練《みょうれん》はあきらめず無我夢中《むがむちゅう》で登ります。その先もまだいくつも谷を渡り峠《とうげ》を越え、ついに目ざす峰のもとに来ました。上を望むと、あの五色の雲が覆《おお》っている聖《せい》なる峰が、ただ一つ屹然《きつぜん》と立っています。いよいよその場所に分《わ》け入《い》って見ると、急に辺《あた》りには、これぞという物が何も見えなくなって、ただ、今までに嗅《か》いだこともないかぐわしい香りが辺り一面に立ち込めていま

□次第《しだい》
an account
经过
경위

□これぞという物
specific objects
突显的东西
이렇다 할만한 것

□上を望《のぞ》む
to look up
仰望天空
위를 바라보다

□かぐわしい
fragrant
馥郁
향기롭다

□屹然《きつぜん》
loftily
屹然
우뚝

す。「何かあるに違いない」とあちらを探りこちらを求め、いろいろと香りの元を探索《たんさく》するのですがどうも分かりません。とにかくこの辺《あた》りは、土の山ではなくて石の山、岩石ばかりの山なのです。そしてあの芳香《ほうこう》は絶えることなく辺りに立ち込めています。

それにしても、落ち葉の多い山でした。岩の間にも木は生えるのです。あの落ち葉の中に何か未知《みち》なるものが? 明練《みょうれん》は、ふとそう思いました。さらに、あちらを探りこちらをかき分けると、ふと何か一段と落ち葉の重なりが多いと思えた場所がありました。何やら心ときめき、さらにさらにかき分ける落ち葉の中で、カチっと固い物が指に触れました。急いでかき分けて見ると、何と天然の岩ではない石の櫃《ひつ》のような物がそこにありました。その先のひとくだり、『今昔物語《こんじゃくものがたり》』の原文に句読点を入れ、仮名を振って記します。

櫃《ひつ》ノ躰《てい》ヲ見《み》ルニ此世《このよ》ノ物《もの》ニ不《ず》レ似《に》。櫃《ひつ》ノ面《おもて》ノ塵《ちり》ヲ拂棄《はらいす》テ見《み》レバ銘有《めいあ》リ。護世大悲多門天《ごせいだいひたもんてん》ト。是《これ》ヲ見《み》ルニ貴《とうと》ク悲《かなし》キ事無《ことな》レ限《かぎり》シ。然《さ》レバ、此櫃此《このひつこ》ノ所《ところ》ニ在《い》マシケルニ依《より》テ、五色《ごしき》ノ雲覆《くもおお》ヒ、異《こと》ナル香薫《かおりくん》ジケリト思《おも》フニ、涙落《なみだお》ツル事雨《ことあめ》ノ如《ごと》クシテ、泣々礼拝《なくなくらいはい》シテ思《おも》ハク。我《わ》レ年来《としごろ》仏《ほとけ》ノ道《みち》ヲ修行《しゅぎょう》シテ諸《もろ》ノ所ニ行《ゆ》キ至《いた》ルト云《い》ヘドモ、未《いま》ダ如《ごと》レ此《かく》ノ霊験《れいげん》ノ地《ち》ヲ不《ず》レ見《み》。然《しか》ルニ今此《いまここ》ニ来《き》テ稀有《けう》の瑞相《ずいそう》ヲ見《み》テ、多門天《たもんてん》ノ利益《りやく》ヲ可《べ》レ蒙《こうむる》シ。然《さ》レバ今《いま》ハ、我《わ》レ他所《たしょ》へ

□櫃《ひつ》
rice bowl
饭桶
궤

□ひとくだり
a section
一段
한 대목

不《ず》レ可《べから》レ行《ゆく》。此《こ》ノ所《ところ》ニシテ仏道《ぶつどう》ヲ修行《しゅぎょう》シテ命《いのち》ヲ終《おわ》ラムト思《おもい》テ、忽《たちまち》ニ柴《しば》ヲ折《おり》テ菴《いおり》ヲ造《つくり》テ其《そ》レニ居《い》ヌ。亦忽《またたちまち》ニ人《ひと》ヲ催《もよほし》テ、其櫃《そのひつ》ノ上《うへ》ニ堂《どう》ヲ造《つく》リ覆《おお》ヘリ。

(櫃《ひつ》の様子を見るとこの世のものではない。櫃《ひつ》の表のちりを払《はら》って見ると刻《きざ》み込まれた名前があった。護世大悲多聞天《ごせいだいひたもんてん》とある。これを見ると大変尊《とうと》く心が動かされた。この櫃《ひつ》がこの場所にあるので、五色の雲が空を覆《おお》い、不思議な香りが漂《ただよ》っているのだと思うと、雨のように涙が落ち、泣きながら礼《れい》拝《はい》してこう思った。「私は何年も仏《ほとけ》の道を修行《しゅぎょう》して様々な所に行ったが、いまだにこのように仏の力を強く感じさせる土地を見た事がない。さて、私は今この場所に来てめったにないめでたい印《しるし》を見て、多聞天《たもんてん》の利益《りえき》を受けるに違いない。よって今私は他の場所に行くことはできない。ここで仏道《ぶつどう》修行をして生涯《しょうがい》を終えよう」と思ってすぐに柴《しば》を折って住処《じゅうきょ》を作りそこに住んだ。また、人を集めて、その櫃《ひつ》の上にお堂《どう》を作った。)

ざっと筋《すじ》をたどってみましょう。「櫃《ひつ》」というのは、「米櫃《こめびつ》」「飯櫃《めしびつ》」のように生活物資を入れて蓄《たくわ》えたり持ち運んだりするための箱だと思って下さい。明練《みょうれん》は、枯れ葉をかき分けて見つけた物が石の櫃だったから大いに驚《おどろ》いたわけです。何だかこの世の物とも思えないような石の櫃が枯れ葉に埋まっていたのです。その石の櫃、泥や塵《ちり》を払ってよく見ると何やら文字が彫《ほ》ってあります。それが何と、『護世大悲多門天《ごせいだいひたもんてん》(*13)』と書いてあるのです。修行僧《しゅぎょうそう》が「多門天《たもんてん》」という仏の名をそこに見たのですから、それには驚きました。ただの驚きではありません。嬉《うれ》しい嬉しい驚きであり、世にも稀《まれ》なるあり

□世《よ》にも稀《まれ》なる
rare
极少
보기 드문

□筋《すじ》をたどる
to give a summary
介绍梗概
줄거리를 더듬다

がたい驚きでした。それで分かりました。あの五色の雲はこれだったのだ。これがあるために雲も立ち、あの妙《たえ》なる香りも立ち込めたのだと知ると、もうありがたくてありがたくて涙の止め様《よう》もありません。そして思いました。私がこの何年も諸国を歩き求めて来たものはこれだったのだ。これまでどこへ行っても、こんな経験をしたことはなかった。それが今、ここに来てこの世にも稀《まれ》なるありがたい体験をすることができた。こうして、この私を導きここで私を待っていて下さったのが「護世大悲多門天《ごせいだいひたもんてん》」様なのだ。私の会うべき仏がここにいらっしゃった。私が生《せい》をまっとうすべき場所はここだ、ここ以外にはあり得ない。この土地で私は仏道修行《ぶつどうしゅぎょう》を重ねに重ね、命終《いのちおわ》るまで多門天《たもんてん》に従って仏の道を求め続けよう。ならばまず、私の住み家《か》をここに定め、自分の住む庵《いおり》をここに造ろう。そして、何日、何か月、何年かかろうと、ここに多聞天《たもんてん》のお堂を建てよう。人々に仏の道を説き協力を仰《あお》ぎ、わが仏、多聞天《たもんてん》のお堂をここに建てよう、そう決心しました。決心した時は実行する時。その日から彼の実行は始まり、やがてこの地に信貴山寺毘沙門堂《しぎさんでらびしゃもんどう》が建つこととなり、あの枯れ葉の中にあった石櫃《いしひつ》の上に今はお堂が建ち、天を覆《おお》っているのです。ちなみに「多聞天《たもんてん》」は「毘沙門天《びしゃもんてん》」とも言い、「門」は「聞」とも書きます。『今昔物語《こんじゃくものがたり》』は、この後の成り行きを、次のように記しています。

□妙《たえ》なる
unusual
奇妙的
묘한

□生《せい》をまっとうする
spend one's lifetime
结束一生
삶을 다하다

□天を覆《おお》う
to dominate the surrounding
威严宏伟
하늘을 덮다

大和《やまと》・河内《かわち》ノ両国《ふたつのくに》ノ辺《ほとり》ノ人自然《おのずか》ラ此事ヲ聞キ継《つぎ》テ、各《おのおの》力ヲ加ヘテ此堂ヲ造ルニ、輙《たやす》ク成《なり》ヌ。明練《みょうれん》ハ其庵《そのいおり》ニ住シテ行フ間、世ノ人皆是《これ》ヲ貴《とうとび》テ訪《とぶら》フ。亦《また》、訪《とぶら》フ人無キ時ハ鉢《はち》ヲ飛《とば》シテ食ヲ継《つな》ギ、瓶《かめ》ヲ遣《やり》テ水ヲ汲《くみ》テ行フニ、乏《ともし》キ事無シ。今ノ信貴山ト云フ、是也《これなり》。

（大和《やまと》・河内《かわち》の二つの国の辺《あた》りに住む人々はこのことを聞いた。お堂は人々が力を貸してくれたので、簡単に建てることができた。明練《みょうれん》はその小屋に住んで仏道修行に励んでいたが、人々はこれをありがたがって、彼のもとを訪《おとず》れた。また、訪《たず》ねる人がいない時は、鉢を飛ばして食いつなぎ、瓶《かめ》を使って水を汲《く》んで修行に励んだので、食料に困ることはなかった。今、信貴山と呼ばれている場所がこれなのである。）

明練《みょうれん》の熱心さが、自《おの》ずから周囲の里人《さとびと》たちに伝わり、里人の誰彼《だれかれ》が一人助《たす》け、二人加わり、思ったよりはずっと早く毘沙門堂《びしゃもんどう》ができ上がりました。そして、明練《みょうれん》と村人たちとの交流が始まり、お寺の建設作業に直接加わった人たちだけでなく明練《みょうれん》の毘沙《びしゃ》門天信仰《もんてんしんこう》を慕《した》って、説教《せっきょう》（＊14）を聞きにお寺を訪《たず》ねる人たちが次第に増えていきました。こうして、今は誰《だれ》知らぬ者もない毘沙門天《びしゃもんてん》の信貴山寺《しぎさんでら》が、中身も形もでき上がって今に至《いた》るわけです。

ところで、今紹介した『今昔物語《こんじゃくものがたり》』の文章に「訪《とぶら》フ人無キ時ハ鉢《はち》ヲ飛《とば》シテ食ヲ継《つな》ギ」という叙述《じょじゅつ》がありました。この「鉢《はち》を飛ばして」というのはどういうことでしょ

□誰《だれ》知《し》らぬ者《もの》もない
well known
无人不知
모르는 사람이 없다

□誰彼《だれかれ》
anyone and everyone
人们
이사람 저사람

う。これは、修行僧《しゅぎょうそう》が自分で食事作りが出来ないとき、どんぶり鉢《ばち》を、食事を提供《ていきょう》してくれる人の所に回し投げにして届《とど》け、食べ物の入った鉢《はち》をこちらに届けてもらうか自分で取りに行くかする、そういうやり取りをすることを言うのです。

このような目的のための鉢投《はちな》げは、修行僧の間では実際に行われたことで、鉢投げ競争《きょうそう》の話なども伝わっています。鉢投げのことを研究すれば、それはまた興味《きょうみ》ある研究課題ではあるのですが、今はそこに深入《ふかい》りすることはやめて明練《みょうれん》の鉢投げがこの説話の中でどんな働きをすることになるのか、それを観察することにしましょう。

二の二　明練《みょうれん》が帝《みかど》の病をなおすこと

仏道修行僧明練《ぶつどうしゅぎょうそうみょうれん》が信貴山《しぎさん》に毘沙門堂《びしゃもんどう》を開設《かいせつ》するまでのことを『今昔物語《こんじゃくものがたり》』によって記しました。ここまでのことを、これだけ詳しく記した書物は他に無いからです。しかし、明練《みょうれん》のこの先の行《おこな》いについては『今昔物語』は何も記していません。ところが、大変幸いなことに、別の書物の中でその先を詳《くわ》しくたどることができるのです。別の書物、それがまた三種類次のようにあります。

(1) 信貴山縁起絵巻《しぎさんえんぎえまき》

(2) 宇治拾遺物語《うじしゅういものがたり》

□どんぶり鉢《ばち》
bowl
大陶碗
사발

(3) 古本説話集《こほんせつわしゅう》（*15）

これらのうち、(1)は、「絵巻《えまき》（*16）」ですから、巻き物で綴《と》じた書物ではありません。(2)と(3)は、それぞれにたくさんの説話を集めて記した書物で、各説話集の一つに明練《みょうれん》の物語が記されています。ストーリーの内容はどれも大体同じですので、ここでは『宇治《うじ》拾遺物語《しゅういものがたり》』その巻《まき》八「信濃国聖《しなののくにのひじり》の事」の叙述《じょじゅつ》によって話を進めていくことにします。

この物語では、話の主人公《しゅじんこう》のことをもっぱら「聖《ひじり》」と呼んでいて、名を記していません。ただ、話がだいぶ進んだ所で、明練《みょうれん》の姉が明練《みょうれん》を訪《たず》ねてやって来るのですが、その時に「まうれんこゐんという人は居ないか」と言って訪ねて来るのです。この「まうれん」即《すなわ》ち、発音のとおり「もうれん」が「明練《みょうれん》」のことだろうと思う他はないのです。そして「こゐん」は「小院」だろうと学者は推測《すいそく》しています。

そしてもう一つ、「明練《みょうれん》」という漢字表記。これは『今昔物語《こんじゃくものがたり》』ではこのように書いているのですが、他の書物は「命蓮《みょうれん》」と、あるいはまた「明練《みょうれん》」とも書かれていて、どうやら「命蓮《みょうれん》」がむしろ一般的であるように思われます。それで、本章でもこの後はもっぱら「命蓮《みょうれん》」と記すことにします。発音ではいずれにしても同じく「みょうれん」です。さて、これからが「飛《と》び倉《ぐら》」の話です。

命蓮《みょうれん》はまことに「鉢投《はちな》げ」の名人でした。どれほどの名人かを物語る、そういう話にこれからなるのです。毘沙門堂《びしゃもんどう》のある山の麓《ふもと》に、豊かな暮らしをしている豪農《ごうのう》の家がありました。この辺《あた》りのことをよく調べた学者の研究では、山城《やましろ》の国《くに》（＊17）の乙訓郡大《おとくにぐんおお》山崎村《やまざきむら》に、菜種《なたね》やエゴマを育てて油を採《と》って売り、大いに財《ざい》を成《な》したため「山崎《やまざき》の長《ちょう》者《じゃ》」と呼ばれた素封家《そほうか》が確かに存在するため、それであろうということになっています。よって、ここでも「山崎の長者」と呼ぶことにします。命蓮《みょうれん》の投げる鉢《はち》が、とかくよく飛んで行く先がこの「山崎の長者」の家だったので、長者は次第に「どうも、うるさいな。」と思うようになりました。ある日、また鉢が飛んで来ました。「また来たか。いまいましい鉢め。」と、長者はそんなふうに思い、飛んで来た鉢を持ってお倉《くら》の中に入り鉢をちょっとそこに置いて、倉の中での仕事をしていました。そして、つい鉢のことを忘れて外に出てしまい、母屋《おもや》に戻ったのですが、戻ってからも鉢を倉の中に置いてきたことを思い出しませんでした。鉢は、おとなしく待っていたわけですが長者は倉を出てしまい、鉢は倉の中に置いてきぼりということになりました。しばらく時が経ちました。するとまあ、この倉がゆさゆさと揺《ゆ》れるではありませんか。以下、原文が面白いので、なるべく原文を示し説明しながら進みます。

とばかりありて、この蔵すゞろにゆさ〳〵とゆるぐ。「いかにいかに」とみさはぐ程に、

□置いてきぼり
leave behind
被留下
내버려둠

□母屋《おもや》
main building
正房
안채

□とかく
tend to
总是
어쨌든

□財《ざい》を成《な》す
to amass a fortune
发财
재산을 모으다

□素封家《そほうか》
rich man
有钱人
재산가

□豪農《ごうのう》
wealthy farmer
富农
호농

ゆるぎ〳〵て土より一尺(＊18)ばかりゆるぎあがる時に、「こはいかなることぞ」と、あやしがりてさはぐ。誠々、ありつる鉢をわすれてとりいでずなりぬる、それがしわざにやなどいふほどに、この鉢、蔵よりもりいでゝ、このはちに蔵のりて、たゞのぼりに空ざまに一二丈(＊19)斗《ばかり》のぼる。さて飛行《とびゆく》ほどに、人々みのゝしりあざみさはぎあひたり。蔵の主《ぬし》もさらにすべきやうもなければ、「この倉の行かん所をみん」とて、尻にたちてゆく。そのわたりの人々もみなはしりけり。さて見れば、やう〳〵飛て、河内国に、このひじりのおこなふ山の中にとびゆきて、ひじりのばうのかたはらに、どうとおちぬ。

(しばらくして、この蔵《くら》がゆさゆさと激《はげ》しく揺《ゆ》れた。「どうした、どうした」と動揺《どうよう》していると、蔵は揺れに揺れて地面から一尺《しゃく》(30センチ)ほど持ち上がった。「これはどうしたことだ」と長者は不思議がって騒《さわ》いだ。「そうそう、先ほど蔵に鉢を忘れて、取り出さないままにしてしまった。それのせいだろうか」などと言っていると、この鉢が蔵から出てきて、鉢の上に蔵が乗り、空に向かって一、二丈《じょう》(3～6メートル)ほど飛び上がった。そうして蔵が飛んでいると、この様子をみて人々は大声で騒いだ。蔵の主もどうしようもなくなったので「この倉の行く先を見よう」と後をついて行った。近くの人々も皆走った。そうして蔵を見ると、だんだんと飛んで命蓮が修行している河内《かわち》の国の山中に行き、命蓮の住まいのわきに、ドッと落ちた。)

この文中の「ののしる」は悪く言うことではありません。大声で騒《さわ》ぐこと。古語《こご》ではそうなのです。さて、こういう次第で、この鉢《はち》は自分で勝手に米俵《こめだわら》のいっぱい詰《つ》まっ

鉢《はち》に乗って空を飛んでいく倉《くら》を驚《おどろ》いて後を追う人々
(信貴山縁起絵巻 山崎長者の巻)

た倉《くら》を乗せて、空路《くうろ》を飛んで命蓮《みょうれん》のいる所まで運んで来てしまいました。山崎《やまざき》の長者《ちょうじゃ》はもとより珍《めずら》しいもの見たさの村人たち、皆あれよあれよと倉を追っかけて地上を走り、命蓮《みょうれん》の小屋にまで来てしまったわけです。長者が命蓮《みょうれん》に言いました。「こんなわけで、あなたの鉢《はち》に運ばれて飛んで来てしまったこの倉、さあ、持ち主の私に返していただきましょう」。命蓮《みょうれん》は言います。

まことにあやしきことなれど、飛てきにければ、くらはえかへしとらせじ、こゝにかやうの物もなきに、をのづから物をもをかむによし、中ならん物はさながらとれ

(それはまあ、驚《おどろ》いたことだけれど、飛んで来てしまったものは仕方がないなあ。これを元に戻すことは、私にもできないよ。よし、こうしよう。倉の方は、そういう物があればいいがと思っていたところでもあり、これはまあ、ここで使わせてもらうことにしよう。しかし、倉の中の物までいただくわけにはいかない。米俵《こめだわら》の米は、そっくり、お返ししよう。さあ、取りなさい。)

それで、長者は言いました。「いやいや、そうおっしゃっても、米俵《こめだわら》は千石《せんごく》(＊20)あるんですよ。これだけの物を、どうやって運ぶのですか」。命蓮《みょうれん》はちっとも騒《さわ》ぎません。「それは何でもないこと。今、私がお運びしましょう。」と言うや否《いな》やすぐに実行です。命《みょう》蓮《れん》は例の鉢《はち》に、まず俵《たわら》を一つ積んで空に飛ばしました。するとまあ、あとの俵もそれに続き、まるで雁《かり》がさおになって飛んで行くように、空中行列《くうちゅうぎょうれつ》をなして飛んで行くで

□さおになって
to line-up
排成一字
일렬로 되어

□言うや否《いな》や
immediately after saying ～
话音未落
말하자마자

□珍《めずら》しいもの見たさ
desire to see something rare
想一睹新奇
진귀한 것을 보고싶어함

□あれよあれよと
to look on in blank amazement
吃惊注视
갈팡질팡하며

はありませんか。長者、これには驚《おどろ》きました。「あれあれ。これではみんな飛んで行ってしまいます。止めて下さい。米の二、三百石《こく》はここに留《とど》めて、どうぞお使い下さい。」こうなると、命蓮《みょうれん》も頑固《がんこ》で、「いやいや、そんなに私が一人で米を食うわけはない」と言ってみんな送り返してしまいました。一事《いちじ》が万事《ばんじ》、こんな具合の命蓮聖《みょうれんひじり》でした。

この、鉢《はち》が米倉《こめぐら》を乗せて空中を飛ぶところと米俵《こめだわら》の空中行列《くうちゅうぎょうれつ》は、何と言っても絶好の画題《がだい》ですから、『信貴山縁起絵巻《しぎさんえんぎえまき》』でもそこを描いた「飛《と》び倉《ぐら》の巻」が、絵巻を見る人の好奇《こうき》の目をいちばん引きつける所になっています。

ところでこの絵巻。これだけの絵を描《か》いた人の名が分かっていません。この自由闊達《じゆうかったつ》な筆運《ふではこ》びと筆勢《ひっせい》から見て、あの「鳥獣人物戯画《ちょうじゅうじんぶつぎが》(＊21)」の鳥羽僧正《とばそうじょう》(＊22)であろう(時代も合うし)と言われていますが、証拠《しょうこ》はどこにもないのです。この絵巻は、国宝として奈良国《ならこく》立博物館《りつはくぶつかん》に所蔵《しょぞう》されています。

さて、こうして信貴山毘沙門堂《しぎさんびしゃもんどう》の命蓮上人《みょうれんしょうにん》(＊23)の名声は、次第に都の宮廷《きゅうてい》にまで届くこととなりました。時の天皇は「延喜《えんぎ》の御門《みかど》(＊24)」即《すなわ》ち、醍醐天皇《だいごてんのう》(＊25)でした。

其比延喜の御門、をもくわづらはせ給ひて、さまざまの御祈ども、御修法《みずほう》・御読経《みどきょう》など、よろづにせらるれど、さらにえおこたらせ給はず。

鳥獣人物戯画《ちょうじゅうじんぶつぎが》(甲巻より、相撲)

□自由闊達《じゆうかったつ》
fluid
自由奔放
자유분방

□一事《いちじ》が万事《ばんじ》
a single instance allows you to infer the rest
以一知万
한가지를 보면 열가지를 알 수 있다

□画題《がだい》
painting's title
画题
화제

（そのころ醍醐天皇《だいごてんのう》は重い病にかかっていた。祈祷《きとう》や読経《どきょう》などを数え切れないほどなさったが、快方に向かわれることはなかった。）

当時はまだ、今日《こんにち》のような医療法《いりょうほう》はありませんから、病気対策《たいさく》は何より僧侶《そうりょ》たちの読経《どきょう》・祈祷《きとう》です。都の名医たち、即《すなわ》ち名のある高僧《こうそう》たちが動員されてしきりに読経《どきょう》・祈祷《きとう》を重ねますが、どうも効果がありません。

ある人の申やう、河内の国、信貴と申所《もうすところ》に、此年比《としごろ》行て、里へ出る事もせぬ聖《ひじり》候ふなり。それこそいみじくたうとくしるしありて、鉢を飛《とば》し、さて居ながら、よろづありがたきことをし候なれ。それを召て祈せさせ給はゞ、おこたらせ給なんかしと申せば、さらばとて、蔵人《くろうど》を御使にてめしにつかはす。

（ある人が言うことには、「河内《かわち》の国の信貴《しぎ》というところに、この数年間仏道修行《ぶつどうしゅぎょう》に励《はげ》み、里へ出ることもしない聖《ひじり》がいます。その聖こそ大変尊《とうと》くご利益《りやく》があり、鉢《はち》を飛ばし、その場に居ながら、いろいろありがたい行いをなさいます。彼を宮廷に呼んで祈らせれば、帝《みかど》の病は快方に向かわれるのではないでしょうか」と。「それならば」と蔵人《くろうど》を送り命蓮《みょうれん》を呼び寄せに行った。）

信貴山《しぎさん》の命蓮上人《みょうれんしょうにん》の噂が都にも聞こえていたわけです。身は動くことなく鉢《はち》を飛ばして、何でも用を足してしまうスーパーマンとして。この命蓮上人《みょうれんしょうにん》を都に呼んで祈りをさせたら効果があるだろうと、宮廷《きゅうてい》からのお召《め》しの使者が立ちます。

□読経《どきょう》
reading the sutra
诵经
독경

□祈祷《きとう》
praying
祈祷
기도

□スーパーマン
superhuman
超人
슈퍼맨

□お召《め》し
summons
召见
부르심

いきてみるに、ひじりのさま、ことに貴くめでたし。かう〳〵宣旨にてめすなり、とく〳〵まいるべきよしいへば、ひじり「なにしにめすぞ」とて、更々動きげもなければ、『かう〳〵、御悩大事におはします。いのりまいらせ給へ。』といへば、『それはまいらずとも、こゝながらいのりまいらせ候はん』といふ。『さては、もしおこたらせおはしましたりとも、いかでかひじりのしるしとはしるべき。』といへば、『それがたがしるしといふ事しらせ給はずとも、御心ちだにおこたらせ給ひなばよく候ひなん。』といへば、蔵人《くろうど》、『さるにても、いかでかあまたの御祈《おいのり》の中にも、そのしるしと見えんこそよからめ。』といふに、『さらばいのりまいらせんに、剣《つるぎ》の護法《ごほう》をまいらせん。おのづから、御夢にもまぼろしにも御覧ぜば、さとはしらせ給へ、つるぎをあみつゝ、きぬにきたる護法也《ごほうなり》。我は更に京へはえいでじ。』といへば、勅使《ちょくし》、帰参《かえりまい》りて、かうかうと申《もうす》ほどに。

（使者が命蓮《みょうれん》のところに行ってその姿を見ると、とても尊《とおと》く恐れ多かった。帝《みかど》の命令を伝え、早く宮《きゅう》廷《てい》へ参るように伝えると、命蓮《みょうれん》は「何をするために呼ぶのだ。」と言ってまったく動く気配もなかったので、「このように帝の病状《びょうじょう》は深刻《しんこく》でございます。祈りにいらして下さい。」と使者が言うと、「それは宮廷に参らなくても、ここに居ながらお祈りいたしましょう。」と言う。「では、もし病気をお治しになった時に、どのようにしてあなたの祈祷《きとう》と分かるのでしょうか。」と言えば、「それが誰の祈祷であるか分からなくとも、帝のご病気さえ治られれば良いのです。」と言った。使者が「そうは言っても、他の祈祷も数多くある中から、あなた様の祈祷である証拠《しょうこ》が分からなくても良いのでしょうか。」というと、「ならばお祈り申し上げる時に、剣《つるぎ》の護法《ごほう》を参らせましょう。夢でも幻でも、その姿をご覧《らん》になったならばお分かりになるでしょう。剣《つるぎ》を衣に編《あ》み入れている護法《ごほう》です。私は宮廷へ行くことはできません」と言いますので、使者は宮廷《きゅうてい》へ帰りこのような事情《じじょう》を伝えました。）

ここは実に大事なクライマックスの場所なので、原文の宮廷《きゅうてい》からの使者と命蓮《みょうれん》さんとのやりとりに少し理解しにくい所もあったことと思いますが、敢《あ》えてやや長い原文引用をしました。解《と》きほぐして筋《すじ》を明らかにしますから、よく文意を捕《とら》えて下さい。

さて、こういう次第で、宮廷からの使者が京都から信貴山《しぎさん》へとやって来ました。使者が、毘沙門堂《びしゃもんどう》の主人《あるじ》、命蓮上人《みょうれんしょうにん》に会ってみると確かに尊《とうと》い上人様《しょうにんさま》です。使者蔵人《くろうど》（＊26）としては、自分は他《ほか》ならぬ帝《みかど》からの使者なのだからと気分は大いに高揚《こうよう》しています。国の最高位《さいこうい》の方《かた》のお命を護《まも》るために、国家最上位の使命を負《お》った自分がその使命を果たすことに、天下の期待をになった名医の所に来て、ずいぶんな晴れがましさと緊張感《きんちょうかん》を感じていたと思います。

実際、その場面になりました。そして、そのように国家的意向を伝えました。「帝《みかど》はもう何年も重い病《やまい》にお悩みです。都や近在《きんじゅう》の医師・祈祷師《きとうし》たちが何人《なんにん》となく集められ、投薬《とうやく》・祈祷《きとう》、あらゆる手を尽《つ》くしましたが、どうしてもダメです。効果がありません。さまざまの調査の末、この信貴山《しぎさん》毘沙門堂《びしゃもんどう》の命蓮上人《みょうれんしょうにん》様の他には頼れる先のないことが判明いたしました。聞けば命蓮上人《みょうれんしょうにん》様は、この山をお下《くだ》りになることがないという

□何人《なんにん》となく
many
很多人
수없이 많이

□使命《しめい》を負《お》う
to have a mission
肩负使命
사명을 지다

□他《ほか》ならぬ
none other than
正是
다름아닌

□手を尽《つ》くす
to try all possible means
想方设法
온갖 수단을 다하다

ことですが、ことは帝《みかど》のご病気です。何卒《なにとぞ》帝のために都においでいただきたく存じます。ことは急を要《よう》します。明日《あす》とも言わず今日、私《わたくし》と一緒にお立ちいただきたい。」と。使者は一気に述べ立てたと思います。原文が「かう〳〵、宣旨《せんじ》にてめすなり。疾《と》く〳〵まいるべきよしいへば…」と記すのは、「さあ、こうして私が使者として来ているのは容易《ようい》なことではないのだぞ。問答無用《もんどうむよう》。今すぐ、私と一緒に出発しなさい。」という強い命令口調の勢いを端的《たんてき》に表わしています。

使者はもちろんこの宣旨《せんじ》を聞いた相手が大いに恐《おそ》れ入《い》って、「ハッ、只今《ただいま》（*27）。」と言ってすぐ用意をして自分について来ると思っていました。ところがところが、この目の前の相手は何と言ったでしょう?

「なにしにめすぞ。」という答え。まったく動《どう》ずる気配《けはい》もありません。このまったく予想していなかった反応《はんのう》に、使者蔵人《くろうど》は本当に驚《おどろ》いたでしょう。この「何の目的で、私をお呼びよせになるのですか?」という予期していなかった反問に、どう対応《たいおう》したらいいのかしばらくは困惑《こんわく》して答えが出せなかったと思います。しかし結局、実情を説明するしか手がないので、千言万言《せんげんばんげん》ついやしてくどくど述べたと思います。そこを物語の原文は、「かう〳〵御悩大事におはします。いのりまいらせ給へ。」と、簡潔《かんけつ》に記しています。

これに対する命蓮《みょうれん》の答えは簡明直截《かんめいちょくせつ》。「いや、それならば、私が都の御所《ごしょ》（*28）に参上《さんじょう》す

□簡明直截《かんめいちょくせつ》
clear and concise
简洁明了
간단명료

□手がない
no way
没有办法
방법이 없다

□千言万言《せんげんばんげん》
numerous words
千言万语
온갖 말

□問答無用《もんどうむよう》
don't waste your breath
不必争论
이것저것 의논해봤자
소용없음

□宣旨《せんじ》
written imperial order
圣旨
선지 , 천황의 명령을
전하는 문서

□急《きゅう》を要《よう》する
be dire
情况紧迫
시급하다 ,
긴급을 요하다

る必要はありません。私は此所《このところ》におりまして帝《みかど》の御病気平癒《へいゆ》のご祈祷《きとう》をさせていただきます。それで大丈夫《だいじょうぶ》です。」と言って動こうとしませんでした。まったく当てがはずれた使者は、これは困ったと思ったでしょう。それでは、使者である自分の面目《めんぼく》は丸つぶれだ。何とか命蓮上人《みょうれんしょうにん》をこの場所から引きはなして見せなければならぬ…。一考《いっこう》して申しました。「いえ、上人様。それではですよ。たとえ帝《みかど》のご病気が快方《かいほう》に向かわれても、あなた様が遠くにいらっしゃるのでは、あなた様のご祈祷《きとう》でそうなったのかどうか分からないではありませんか。あなた様の他にも祈祷して下さっている方々《かたがた》は大勢おいでなのですから。どなたのお祈りが利《き》いて帝が良くなられたのか見分けがつきません。やはりおいでいただいて、おそばでお祈りいただくのでなければ、こうしてお願いに参った甲斐《かい》がございません。是非《ぜひ》一緒に来ていただきたく存じます。」

まあそれはそうだなと普通の人なら思うのですが、命蓮《みょうれん》さんは違います。「それならばこういたしましょう。確かに私の祈祷《きとう》の力でお治りになったのだということがよく分かるような祈り方でお祈りを致《いた》しましょう。それは、私一人が此処《ここ》でお祈りを致すだけでなく、もう一人、現場での治療者《ちりょうしゃ》として、「剣《つるぎ》の護法《ごほう》」と申す護法童子《ごほうどうじ》を帝《みかど》の所に派《は》遣致《けんいた》します。これは衣《ころも》に剣《つるぎ》をたくさん編《あ》み入れて着用《ちゃくよう》している童子です。この童子が、帝の夢の中にとか、あるいは幻《まぼろし》でとか、そんな形で参上致《さんじょういた》しますから、帝がその姿を

□甲斐《かい》がございません
meaningless
没有意义
보람이 없습니다

□当てがはずれる
be contrary to expectation
期待落空
예상이 빗나간

□平癒《へいゆ》
recovery
痊愈
쾌유

□面目《めんぼく》は丸《まる》つぶれ
to lose face
丢光了面子
체면이 말이 아닌

ご覧《らん》になりましたら、「あ、これだな!!」と御納得《ごなっとく》下さるでしょう。それで帝《みかど》のご病気は必ず治ります。御安心下さい。そういう次第で、私は都へは参上致しません。」こう言って命蓮《みょうれん》はどうしても動きませんので、使者も仕方なく都に戻りまして、かくかくしかじかと報告を致しました。

さて、その三日後のことです。真昼でしたが、帝はふと眠気《ねむけ》をもよおされました。とろり(＊29)と、なさったかなさらなかったか、そんな際《きわ》どいお心持ちの時に何やらキラキラッと光る物の姿《すがた》をご覧になりました。「あれっ、何だこれは?」と、帝は目を凝《こ》らしてご覧になると同時に、「あっそうか！　これだな！　命蓮聖《みょうれんひじり》が申した「剣《つるぎ》の護法《ごほう》」とやら。そうかそうか、これだ、分かった。間違いない、これが「剣《つるぎ》の護法《ごほう》」だ。」そう納得《なっとく》がいった瞬間《しゅんかん》にもう気分は晴《は》れ晴《ば》れで、痛い所も重い所もなーんにもありはしません。ピンピン、シャンシャン(＊30)。「まったく元通《もとどお》りだ。一体、今までの自分は何だったのだ。」と、帝《みかど》はそう思われました。この辺りの原文をたどります。

三日といふひるつかた、ちとまどろませ給ふ共《とも》なきに、きら〳〵とある物のみえければ、いかなる物にかとて御覧ずれば、あのひじりのいひけん剣の護法なりとおぼしめすより、御心地さは〳〵となりて、いさゝか心ぐるしき御こともなく、例ざまにならせ給ひ

□目を凝《こ》らす
strain one's eyes
凝视
응시하다

□とやら
something like
说到
라던가

□かくかくしかじか
expression used when stating the details
如此这般
여차여차하다

ぬ。人々悦びて、ひじりをたうとがりめであひたり。

（三日後の昼、帝はふと眠気をもよおされたかどうかした時に、キラキラと光る物の姿をご覧になった。一体なんだろうかと見ると、あの聖の言った剣《つるぎ》の護法《ごほう》だなとお思いになった。その瞬間に気分は晴れ晴れとして、痛いところもまったくなくなり、いつものようになった。人々は喜んで、聖を尊く思い、賞賛しあった。）

「信貴山縁起《しぎさんえんぎ》」の話そのものはまだ少し先がありますが、帝《みかど》の病《やまい》とそれを治療する命《みょう》蓮《れん》の祈祷《きとう》のやり方、「剣《つるぎ》の護法《ごほう》」の有り様を描く部分はこれで終ります。ここで、一つの挿話《そうわ》を入れます。

話は大きく飛んで、平安末期《へいあんまっき》、武士《ぶし》が世を動かす最初の時代を作った人物である平《たいらの》清盛《きよもり》が、権力《けんりょく》の座《ざ》の頂上《ちょうじょう》に昇《のぼ》りつめた後に、この人の運勢が傾《かたむ》き始めたその時、清盛《きよもり》の心に何が起こったか、そのことと、筆者が本章で行っている人間の「夢」の観察とどう関わるのか、そういうことを考えてみたいと思います。それは、節を改めて考えることとします。

三　平清盛《たいらのきよもり》の見た夢

三の一　平家《へいけ》の衰退《すいたい》と清盛《きよもり》の見た奇怪《きかい》な夢

信貴山《しぎさん》より京都《きょうと》へ向かう剣《つるぎ》の護法《ごほう》
（信貴山縁起絵巻 延喜加持の巻）

平安王朝《へいあんおうちょう》（＊31）をもっぱら支配していた貴族《きぞく》である藤原氏《ふじわらし》の支配力が衰《おとろ》えて、それまで王朝《おうちょう》政治の下支《したざさ》えをしていた武士階級《ぶしかいきゅう》の実力者が、ぐっと世の表面《ひょうめん》に躍《おど》り出て来ました。その武士階級の中で断然《だんぜん》有力であったのが「平《たいら》」と「源《みなもと》」、この二つの家系《かけい》です。「平《たいら》」は、都《みやこ》を京都に定めた第五十代の桓武天皇《かんむてんのう》の家筋《いえすじ》であるため「桓武平氏《かんむへいし》」と言われ、「源《みなもと》」は、第五十六代の清和天皇《せいわてんのう》の家筋であるため「清和源氏《せいわげんじ》」と呼ばれます。

平安王朝約四百年のうち後期の百年は、決して、平和・安泰《あんたい》の世の中ではありません。京都《きょうと》の地を中心に、近畿《きんき》地方を始め、関東《かんとう》や九州《きゅうしゅう》などあちこちで、政治の実力者たちによる弓矢刀槍《きゅうしとうそう》で争う（＊32）戦争が行われるようになり、めっきり騒《さわ》がしい世の中になっていました。その戦争の流れを作ったのが、平氏《へいし》の軍事集団と源氏《げんじ》の軍事集団とでした。この、両軍の間で行われた戦争に次ぐ戦争が源平の合戦《かっせん》です。源平の合戦は、初めは圧倒的に平氏が優勢《ゆうせい》で、京都の町なかには、「平氏《へいし》にあらざれば人にあらず（＊33）」という空気が満ちていました。その平家軍事集団を率いた大いなる統率者が平清盛《たいらのきよもり》でした。

清盛《きよもり》は、自分に従《したが》わない者は容赦《ようしゃ》なく打ち倒し、踏《ふ》みつぶして行くような人でしたから、清盛《きよもり》との勢力争いに破れひどい扱《あつか》いを受け、恨《うら》みを抱いて死んでいった武士《ぶし》の数は非常に多かったのでした。そんな清盛《きよもり》は、功成《こうな》り名遂《と》げて（＊34）六十四歳で亡くなりましたが、これは決して短命《たんめい》ではありません。武士としてはむしろ長命《ちょうめい》でした。しかし、

□弓矢刀槍《きゅうしとうそう》
swords and arrows
刀枪剑戟
활과 화살 , 칼 , 창 (무기)

□安泰《あんたい》
stability
安泰
태평

□世《よ》の表面《ひょうめん》に躍《おど》り出て来る
gain power
势力强大
세상 밖으로 나서게 되다

□家筋《いえすじ》
family line
家系
일가의 혈통

その死に方は、気の毒なほどひどい苦しみ死にでした。『平家物語《へいけものがたり》(*35)』と『源平盛衰記《げんぺいじょうすいき》(*36)』との二書によって、しばらくその辺りをたどってみましょう。『平家物語《へいけものがたり》』の巻第五に、「物怪《もののけ》の事」という一段があります。その冒頭《ぼうとう》の叙述《じょじゅつ》は次のようです。

　福原へ都をうつされて後、平家の人々夢見もあしう、常は心さわぎのみして、変化《へんげ》の者どもおほかりけり。ある夜、入道のふし給《たま》へる所に、ひとまにはゞかる程の物の面《おも》出で来て、のぞきたてまつる。入道相国ちッともさわがず、ちやうどにらまへておはしければ、たゞ消《ぎ》えに消えぬ。

　岡の御所と申《もうす》は、あたらしう造られたれば、しかるべき大木もなかりけるに、ある夜、おほ木のたふるゝ音して、人ならば二三十人が声して、どッとわらふことありけり。これはいかさまにも、天狗《てんぐ》の所為《しょい》といふ沙汰《さた》にて、ひきめの当番となづけて、よる百人、ひる五十人の番衆《ばんしゅう》をそろへて、ひきめを射させらるゝに、天狗のあるかたへ向いて射たる時は、音もせず。ない方へ向いて射たるとおぼしき時は、どつとわらひなンどしけり。

（福原《ふくはら》へ都を移された後は、平家の人々が不吉《ふきつ》な夢を見て常に心が落ち着かなくなり、妖怪《ようかい》も多く出現した。ある夜、清盛入道《きよもりにゅうどう》がお休みになっているところに、ひと部屋にあふれるほどの何かの顔が出てきて、中を覗《のぞ》いていた。入道《にゅうどう》はちっとも騒《さわ》がず、キッと睨《にら》んだのですぐに消えてしまった。岡の御所《ごしょ》というところは、新しく作られたので大木もなかったのだが、ある夜、大木の倒れる音がして、

□物怪《もののけ》
unexpected development
灵异
뜻밖

二三十人くらいの人の声がして、どっと笑うことがあった。これはきっと天狗《てんぐ》のせいだということで、「ひきめの当番」と名付けて、夜は百人、昼は五十人で警備《けいび》をさせ、ひきめの矢《や》を射《い》らせたが、天狗のいる方へ向けて射た時は音もしなかった。いない方へ向けて射たと思われる時は、どっと笑いが起こった。）

平家の軍事力が衰《おとろ》え始め、京の都をあとにして「福原遷都《ふくはらせんと》（＊37）」ということをしなければならなくなりました。これにはさすがの清盛《きよもり》も心に大打撃《だいだげき》を受けざるを得ません。この豪気《ごうき》な人も病気がちになり、夜ごとの安眠もすっかり妨《さまた》げられることが多くなりました。この状況を述べる『平家物語《へいけものがたり》』の原文は、実によく考えた微妙《びみょう》な味わいのある文章になっています。「夢見もあしう、常は心さわぎのみして、変化《へんげ》の者共《ども》多《おお》かりけり。」という言い方は、平家の人々全般の混乱した状況を指すとも取れる言い方なのですが、「ある夜、入道《にゅうどう》のふし給《たま》へる所に…」と語った後は、清盛《きよもり》その人の情況描写《じょうきょうびょうしゃ》がなされていくのですから、現実にはこれは、平家の人々全般のことではなく清盛《きよもり》その人の、日夜《にちや》の有り様を描写《びょうしゃ》していることが明らかだということが分かります。心にくいほどにうまい描写法と言うべきです。

こういう次第で権勢《けんせい》がすっかり衰《おとろ》えた清盛《きよもり》が、安眠できずに毎夜を過ごしていました。そのある夜、とろりとした清盛《きよもり》が、ふと物の気配に目を覚ましてそちらを見ると、

□心にくいほどに
irresistibly apt
精湛高超
(훌륭해서)
얄미울 정도로

□豪気《ごうき》な
sturdy
豪迈
호기

部屋に入りきれないほどの巨大な顔が、ニュッと(＊38)そこにあり、こちらを覗《のぞ》いているのです。普通の人ならキャッと(＊39)叫んで気を失うところですが、そこは清盛《きよもり》、ちっとも騒《さわ》がず、怪物《かいぶつ》の顔をはったと(＊40)睨《にら》み据《す》えたわけです。これには怪物も睨み負けして、やがてすうっと(＊41)消えてしまいました。これ、本当に怪物が出現して、清盛《きよもり》との睨み比べに負けて退散《たいさん》したのか、清盛《きよもり》が一瞬の眠りの中に見た悪夢の中の怪物だったのか。それは自由に考えて理解していただきたいと思います。とにかく清盛《きよもり》が、もはや、毎夜の安眠が確保《かくほ》される人ではなくなっていたことがこれで十分に理解されるのです。

その次の、辺《あた》りに大木《たいぼく》もないのに、大木の倒れる音が聞こえて二三十人の人々の怪《あや》しい笑い声が虚空《こくう》に響《ひび》く事件。これが清盛《きよもり》ひとりの幻覚《げんかく》なのか、平家一門の人々の集団幻覚なのか。これはどうもある一夜の事件とは思えず、しばしばこんな事件があったという感じの書きぶりなので、どうやらこれは平家一門の人々にもはや安楽な夜々《よよ》がなくなった、そういう有り様を描いているように思われます。

「蟇目《ひきめ》の矢《や》」というのは「かぶら矢(＊42)」の一種で、敵《てき》を射殺《いころ》すための矢でなく、大きな音を立てて、派手《はで》に仰々《ぎょうぎょう》しく飛んで行くようにしてある矢のことです。矢じりが大きく作ってあり、それにひき蛙《がえる》の目玉のような丸い穴《あな》がぽつぽつあけてあるため、そこが風を受けて大きな音を立てて飛んで行くのです。実戦用ではなく、何かを知らせる

□仰々《ぎょうぎょう》しい
ostentatious
气势浩大
과장되다

□虚空《こくう》に
fruitless
空中
허공에

□矢《や》じり
arrowhead
箭头
화살촉

ためとか何かを威嚇《いかく》するためとか、あるいは儀式《ぎしき》などに使うのです。この場合は、人間の目には見えない空中にひそんでいると言われている天狗《てんぐ》(＊43)たちを威嚇するために、仰々《ぎょうぎょう》しく音を立てる「蟇目《ひきめ》の矢《や》」を空に向けて放ったわけです。その矢が、天狗たちのいる方へ飛んで行くと天狗も恐《おそ》れ入《い》って黙《だま》っているのですが、天狗たちのいない方へ飛んで行くと人間をからかって天狗たちが大笑いをするというわけです。つまりこれは、平家一門の力が強かった時は天狗たちも恐れ入っておとなしくしていたのに、平家が劣《れっ》勢《せい》になってからは、天狗たちが平家の権力者をも馬鹿《ばか》にして、空中から野次《やじ》ったりからかったりあざ笑ったりするようになったということを言っているわけです。清盛の苦闘《くとう》は続きます。

又あるあした、入道相国《にゅうどうしょうこく》、帳台《ちょうだい》より出でて、つま戸をおしひらき、坪《つぼ》のうちを見給へば、死人のしやれかうべどもが、いくらといふかずも知らず庭にみち〳〵て、うへになりしたになり、ころびあひころびのき、はしなるはなかへまろびいり、中なるははしへ出づ。おびたゝしうからめきあひければ、入道相国《にゅうどうしょうこく》、人やある〳〵と召されけれども、をりふし人も参らず、かくしておほくのどくろどもが一つにかたまりあひ、つぼのうちにはゞかるほどになッて、たかさは十四五丈もあるらんとおぼゆる山のごとくになりにけり。かの一

□恐《おそ》れ入《い》る
be stunned
吃惊
황송하다

□威嚇《いかく》する
to intimidate
威吓
위협하다

つの大がしらに、生きたる人のまなこの様に、大《だい》のまなこどもが千万出で来て、入道相国をちやうどにらまへて、まだたきもせず。入道すこしもさわがずはたとにらまへて、しばらく立たれたり。かの大がしら余《あまり》につよくにらまれたてまつり、露霜《つゆしも》なンどの日にあたッて消ゆるやうに跡かたもなくなりにけり。

（またある朝、清盛入道《きよもりにゅうどう》が寝所《ねどころ》から出て、扉《とびら》を開け中を見ると、死人の髑髏《どくろ》が数えられないほど庭に満ちていて、上になったり下になったり、転がってくっついたり離《はな》れたり、端《はし》にあったものは中へと転がり、中にある物は端へと出ていく。ものすごい数の髑髏《どくろ》がカラカラと音を立てているので、入道は「誰かいるか。」と人を呼んだが、ちょうどその時は誰も参らず、そうしているうちに多くの髑髏が一つにかたまり合い、中庭に入りきらないほどになって、その高さは十四、五丈《じょう》（40数メートル）もあるほどの、大きな山のようになった。この一つの大頭に、生きている人の眼のように、大きな眼が千万出て来て、入道をカッと睨《にら》んで、瞬《まばた》きもしなかった。入道は少しも騒《さわ》がずキッと睨みつけ、しばらく立っていた。大頭はあまりに強く睨まれたので、露《つゆ》や霜《しも》などが日に当たって消えるように跡形《あとかた》もなく消えてしまった。）

これはある朝の起き抜けに、清盛《きよもり》が亭内《ていない》の坪庭《つぼにわ》で見た怪異現象《かいいげんしょう》です。自分の屋敷内《やしきない》だというのに、その庭に無数の人間の髑髏《どくろ》が——髑髏《どくろ》なら死人のものに決まっているのに、物語の文章がご丁寧に「死人のしやれ頭《かうべ》ども」と記すところが面白いです——ちょっとやそっとではないおびただしい数に満ち満ちており、それらがうようよと（＊44）

□坪庭《つぼにわ》
an inner garden
庭院
작은 정원

□髑髏《どくろ》
skull
骷髅
해골

□起《お》き抜《ぬ》け
the first thing in the morning
刚起床
일어나자 마자

□亭内《ていない》
within the mansion
宅地内
집안

平清盛《たいらのきよもり》福原《ふくはら》にて怪異《かいい》を見る図　（歌川広重 作）

うごめき合って、上になり下になりしているうちに高さ十四、五丈《じょう》ですから四十数メートルほど、即《すなわ》ち十階建てのビルぐらいの人体を形成したようになりました。その頂上には、それにふさわしい大頭《おおかしら》の髑髏《どくろ》が乗っており、それには一千万の眼《まなこ》が付いていて、まるで生きた人間の目のように恨《うら》みと怒りの眼差《まなざ》しを清盛《きよもり》に向け注《そそ》ぎかけています。普通の人なら、もう、キャッとも言わずに卒倒《そっとう》するところですが清盛《きよもり》は負けません。人を呼んでも誰《だれ》も出て来ませんでしたが、清盛騒《きよもりさわ》がず「何を貴様《きさま》ら、お前らに負ける俺様《おれさま》ではないぞ」と睨《にら》み返します。しばしの睨《にら》み合いは清盛《きよもり》の勝ちとなって、やがて髑髏《どくろ》どもは、朝日に溶《と》ける露霜《つゆじも》のように消えて無くなりました。

こうして清盛《きよもり》は、目の前の怪物《かいぶつ》どもには決して負けないのですが、彼が度々こういう怪異《かいい》な出来事に遭《あ》う、あるいは悪夢に襲《おそ》われるというのは一体どういうことなのでしょうか。あくまでの強気《つよき》の清盛ですが、彼に一体何が起こっているのでしょうか。晩年、権勢が衰えてきてから、京都《きょうと》を明け渡して福原《ふくはら》への都落《みやこお》ち（＊45）という残念無念の思いが日々募《つの》っていく中で、押さえようもなく湧《わ》いて来る暗いイメージを一瞬一瞬ただただ打ち消しに打ち消し、ひたすら頑張って来た清盛《きよもり》にとうとう体力気力の限界が来てしまったのでしょう。その結果、安眠をなくした清盛《きよもり》が珍《めずら》しく眠ったかと思えば悪夢に襲《おそ》われる、その有り様を『平家物語《へいけものがたり》』が忠実《ちゅうじつ》に生々《なまなま》しく効果的に描《えが》いているのだと思いま

□怪異《かいい》な
strange
奇异的
괴이한

□卒倒《そっとう》する
faint
昏倒
졸도하다

□朝日《あさひ》に溶《と》ける露霜《つゆじも》のように
like the frozen dew that melts in the morning sun
像被朝日融化的霜露一般
아침해에 녹는 서리처럼

す。夜の夢もあり明け方の夢もあり、また、白昼《はくちゅう》の悪夢もあったわけです。

三の二　清盛《きよもり》の臨終《りんじゅう》

清盛は六十四歳で亡くなります。この年は当時の武門《ぶもん》の人(*46)としては、決して若死《わかじ》にではありません。むしろ戦乱の代《よ》をよく長く生き抜いたと言うべきです。しかもその死に場所は戦場ではなく、自分の住まいの畳《たたみ》の上でした。ですが、その死に方は到底《とうてい》、普通の死に方とは言えないすさまじいものでした。『平家物語《へいけものがたり》』は、清盛が高熱を発して死にゆく姿《すがた》を次のように描いています。

入道相国やまひつき給ひし日よりして、水をだにのどへも入《いれ》給はず。身の内のあつき事、火をたくが如し。ふしたまへる所、四五間《しごけん》が内へ入《いる》ものは、あつさたへがたし。たゞのたまふ事とては、あた〱とばかり也。すこしもたゞ事とは見えざりけり。比叡山より千手《せんじゅ》井《ゐ》の水をくみくだし、石の船にたゝへて、それにおりてひえたまへば、水おびたゞしくわきあがッて、程なく湯にぞ成りにける。もしやたすかりたまふと筧《かけひ》の水をまかせたれば、石やくろがねなンどのやけたるやうに、水ほとばしッてよりつかず。おのづからあたる水は、ほむらとなッてもえければ、くろけぶり殿中《てんちゅう》にみち〱て、炎《ほのほ》うづまいてあがりけ

高熱《こうねつ》を出す清盛《きよもり》（平家物語絵巻）

り。

（入道相国《にゅうどうしょうこく》は病にかかった日から水さえものどへ入れなかった。体の中の熱いことはまるで火をたいているかのようだった。入道が寝ている所から四五間《しごけん》以内に入った者はその熱さに耐えられない。おっしゃる事はただ「熱い、熱い」ばかりである。まったく普通の事には見えない。比叡山《ひえいざん》から千手《せんじゅ》井《い》の水を汲んで来て、石の船に満たし、それに体をつけてお冷やしになると、水は激しく沸《わ》きあがり、すぐにお湯になってしまった。助かるのでは、と筧の水を撒《ま》くと、石や鉄が焼けているかのようで、水が蒸発して体に届かない。届いても、水が炎《ほのお》となって燃えるので、黒煙が家中に満ち、炎が渦巻いて燃え上がった。）

病人の発する熱の熱さで、他人は近づくことも容易ではないという、そんなもの凄《すご》い発熱。人体の発する熱で体に注《そそ》いだ水がすぐ沸《わ》き立って炎《ほのお》まで発し、黒い煙《けむり》が家中《いえじゅう》に満ちるばかりか、炎《ほのお》まで渦《うず》を巻いて上がるとはあまりにもオーバーな言い方ではありますが、これは平家琵琶《へいけびわ》（＊47）のバチ（＊48）音とともに高々と唱《うた》い上げられる歌の文句《もんく》ですから、それを想像して読むと清盛《きよもり》の熱あたりのもの凄《すご》さがありありと感じられます。この超高熱との戦いの中で自分の生命《いのち》の終わりが近いことを知った清盛が、これまで終始そばで看病《かんびょう》してくれた妻「二位《にい》の尼《あま》」に向かい、苦しい息《いき》の下から最後の言葉を発します。遺言《ゆいごん》です。その言葉はこうでした。

□歌《うた》の文句《もんく》
lyrics
诗歌的词句
노래 문구

□熱あたり
illness due to fever
发烧
열로 인해 생기는 병

われ保元平治《ほうげんへいじ》よりこのかた、度々《どど》の朝敵をたひらげ、勧賞《けんじょう》身にあまり、かたじけなくも帝祖・太政大臣にいたり、栄花《えいが》子孫に及ぶ。今生《こんじょう》の望《のぞみ》、一事ものこる処なし。たゞし思ひおく事とては、伊豆国の流人《るにん》、前兵衛佐《さきのひょうえのすけ》頼朝が頸《くび》を見ざりつるこそ、やすからね。われいかにもなりなん後は、堂塔をも立て、孝養《けうやう》をもすべからず。やがて打手をつかはし、頼朝が首《かうべ》をはねて、わがはかのまへに懸くべし。「それぞ孝養《けうやう》にてあらんずる」とのたまひけるこそ罪ふかけれ。

(私は保元《ほうげん》の乱《らん》・平治《へいじ》の乱から今に至《いた》るまで、たびたび朝廷の敵を平定し、褒章《ほうしょう》は多すぎるくらいで、恐れ多いことに天皇の祖父や太政大臣《だじょうだいじん》にまでなり、その栄光は子孫に及んだ。これ以上望みはない。ただ思い残すのは、伊豆の国の流人《るにん》・源頼朝《みなもとのよりとも》を討《う》ち取らなかったことである。実に残念だ。私が死んだ後は堂塔《どうとう》の建立も、供養《くよう》もするな。ただただ討手《うちて》を送り頼朝の首を斬《き》り、私の墓の前に供《そな》えろ。「それこそが供養であろう」とおっしゃることこそ罪深いことである。)

つまりこうです。「私は、自己一身《じこいっしん》について言えば、戦いには常に勝って朝廷《ちょうてい》を護《まも》り通し、太政大臣《だじょうだいじん》(*49)にもなって出世《しゅっせ》の限りを尽《つ》くしたのだから、思い残すことは何もない。ただ自己一身外《いっしんがい》のことで言えば、最大の政敵《せいてき》である源氏《げんじ》の統領《とうりょう》源頼朝《みなもとのよりとも》を倒すことができなかったこと、これだけが実に実に残念だ。」と言うのです。それは、清盛《きよもり》、本当に正直なところの思いだったでしょう。実にありのままの心境を述べています。その時まだまだ若かった政敵の頼朝《よりとも》を自分の家来たちが一度は追いつめて、あわやというところ

□あわや
almost within reach
眼看就要
까딱하면

□一身外《いっしんがい》
other than one's body
自身以外
자신의 몸 이외의 것

まで行ったのですから、そのことを思うと残念で残念でたまらないのです。それはそうでしょう。その気持ちはこうしてこの稿《こう》を書いている筆者にもよく分かります。彼はさらに言います。「遺族《いぞく》たちよ、私が死んだ後、悲しんで仏事法要《ぶつじほうよう》などそんな世間《せけん》並《な》みなことは一切するな。寺を建てて南無阿弥陀仏《なむあみだぶつ》（＊50）などと唱《とな》えるのはやめろ。ただただ頼朝《よりとも》を捕《とら》えて首を斬《き》り私の墓《はか》に供《そな》えなさい。仮初《かりそ》めにも親孝行《おやこうこう》をしたいなら、ただただ頼朝《よりとも》を倒すこと。それ以外に俺《おれ》の望みは何もない。いいか、わかったな」。最後までお体裁《ていさい》を言わない、清盛は本当に正直な人でした。しかし、ここまで言われて本当に困ったのは妻「二位《にい》の尼《あま》」でした。ここまで荒れ切った心ではわが夫、到底仏の国に往生《おうじょう》する（＊51）ことはできない。何とか私の祈りで夫の地獄《じごく》行きだけは免《まぬが》れさせたい。しかし、しかし、ええ…、何とかならないものか。彼女は、清《きよ》い心で本当に悩み苦しみました。でもどうにもなりませんでした。この先の叙述《じょじゅつ》はこうです。

同《おなじき》四日、せめての事に板に水をいて、それに臥《ふ》しまろび給へども、たすかる心ちもしたまはず。悶絶躄地《もんぜつびやくち》して、遂にあつち死にぞしたまひける。

（四日、せめて、板に水をかけ、それに寝転がりになったが、助かる気持ちになることはなかった。悶絶《もんぜつ》して倒《たお》れ伏《ふ》し、「あっち死に」なさった。）

□仮初《かりそ》めにも
a little
只要
조금이라도

□お体裁《ていさい》を言わない
not to mince words
不说门面话
빈말을 하지않는

「躄地《びゃくち》」とは足が利《き》かなくなって地に倒《たお》れ伏《ふ》すことです。そして「あっち死に」というのが、ここだけの言葉ですが実によく言い表している言葉。つまり文字通り「あっち、あっち」と熱《あつ》がって悶《もだ》え死んだのです。

さて、ここまでずっと『平家物語《へいけものがたり》』の文章に沿って読んで来ましたが、清盛《きよもり》の最後を見送るに当たって『平家物語《へいけものがたり》』と大体類似の内容を記しつつも、分量がずっと多くほぼ倍ほどもある『源平盛衰記《げんぺいせいすいき》』の文章で、この下りをもう一度たどってみたいと思います。同書、第二十六巻の「入道得病《にゅうどうとくびょう》附《ふ》平家《へいけ》可《べき》レ亡夢事《ほろぶゆめのこと》」の節の中から。この部がかなり長いので、間引《まび》きをしながら引用します。

入道重病《じゅうびょう》ヲ受給タリトテ、六波羅《ろくはら》京中物騒《きょうちゅうものさわぎ》シ、馬車馳違《うまくるまはせちがひ》、僧モ俗モ往還《おうかん》種々の祈禱ヲ被レ始《はじめ》、家々ノ醫師《くすし》藥《くすり》ヲ勸ケレ共、病付《やみつき》給ケル日ヨリシテ、湯水《ゆみず》ヲダニモ喉《のど》ヘモ入《いれ》給ハス、身ノ中《うち》ノ燃焦《もえこがれ》ケル事ハ、火《ひ》ニ入《いる》ガ如シ。臥《ふし》給ヘル二三間《げん》ヘハ人近付《ちかづき》ヨル事ナシ。餘《あまり》ニアツク難《がた》レ堪《たへ》カリケレバ也。叫ビ給ケル言トテハ只アタ〳〵ト計《ばかりなり》也。此聲《こえ》門外《もんがい》マデ響《ひゞき》テ、ヲビタヽシ。

（清盛入道が重病に伏《ふ》されたと六波羅《ろくはら》一帯は大騒《おおさわ》ぎし、馬や車が行き違い、僧も俗人も道路で様々な祈祷《きとう》を始め、家々の医者が薬を勧めたが、病に伏された日から、湯水さえのどにお入れにならず、体

□間引《まび》き
to cut short
省略
솎아 냄

の中が燃え焦げることはまるで火に入っているかのようだった。寝込んでおられる所から二三間《にさんげん》（数メートル）は人が近づく事もない。あまりに熱く耐《た》えられないからである。ただ「熱い、熱い」とお叫びになるばかりである。この声は門の外まで響き、騒がしかった。）

入道ヨニ苦気《くるしげ》ニテ大息《おおいき》ツキ、我平治元年ヨリ以来《このかた》、天下ヲ手ニ把《とっ》テ萬事心ノ儘也《ままなり》、諍者《あらそうもの》モナク、憚處《はばかるところ》モナシ、適《たまたま》背輩《そむくやから》アレバ、時日ヲ不レ回亡シ失シカバ、草木モ我ニ靡《なび》カズト云事ナシ、角《かく》テ既ニ廿《にじゅう》三年、就《なかんずく》レ不官位太政大臣《だじょうだいじん》ニ上リテ、十善萬乗ノ帝祖タリ、子孫兄弟栄花ヲ開テ、同《おなじく》當今の御外戚也《おんがいせきなり》、官職福禄何事カハ心ニ不《ぬ》レ叶《かなわ》事《こと》アリシ、生アル者ハ必《かならず》死《し》スル習《ならい》ナレバ、入道一人始《はじめ》テ驚べキ事ナラズ、但遺恨《たゞいこん》ノ事トテハ、頼朝ガ頸ヲ不《ず》レ見《み》メ《して》死《しぬ》ル計《ばかり》コソ口惜ケレ、冥途《みょうど》ノ旅モ安ク過《すぎ》ムトモ覺エズ、我イカニモ成《なり》ナバ、堂塔ヲモ不《ず》レ可《べから》レ造《つくる》、佛經ヲモ供養セズ、唯《ただ》頼朝ガ頸ヲ切テ、墓ノ上ニ掛《かけ》ヨ、其《それ》ノミゾ孝養《こうよう》ノ報恩《ほうおん》トモナリ、草ノ陰ニテモ嬉シトハ思ハンズル、サレバ、我ヲ吾ト思ハン者共ハ、子孫モ侍《さぶらひ》モ聞傳《ききつたえ》テ、心ヲ一ニメ《して》、努々懈《ゆめゆめわすれ》ル事ナカレトゾ遺言シ給ケル。二位殿モ公達《きみだち》モ、イトヾ罪深ク聞給フ。

（入道《にゅうどう》は大変苦しげな様子で大きな息をつき、「私は平治元年より今日まで、天下を手にしてすべてが思うままだった。抵抗する者もおらず、手に入れられない土地もない。まれに背《そむ》く者が出てきても、すぐに死に絶えてしまうので、草木さえも私の思うままだ。このようにして既に二十三年、特に官位は太政大臣《だじょうだいじん》に上り、天皇の祖父となり、子孫兄弟は世に栄え、今の天皇の親戚《しんせき》である。地位や財産で手に入れられないものは何もない。生きている者は必ず死ぬのが常であるから、私ひとりが初めて驚くようなことではない。ただ心残りなのは、頼朝《よりとも》を討《う》ち取らないで死ぬことばかりである。実に残念だ。冥途《めいど》の旅も穏《おだ》やかであるとは思われず、私はこのありさまだから、堂塔《どうとう》など建てず、供養《くよう》もするな。ただ頼朝の首を切って墓の上に捧《ささ》げよ。それだけが孝行《こうこう》で、恩に報いる事ともなり、墓の中にいても嬉しいと思うことだろう。だから、私を清盛《きよもり》と思う者は、このことを子孫にも侍《さむらい》にも聞き伝えて、心を一つにして、決して忘れるなよ。」との遺言《ゆいごん》を残された。二位殿《にいどの》も公達《きんだち》もたいそう罪深いこととお思いになった。)

平清盛《たいらのきよもり》、こんなに正直な人は世に二人と居ません。一生に一度の遺言《ゆいごん》ともなれば、どんな人でも殊勝《しゅしょう》なことを言うものなのに、彼は断《だん》じて殊勝なことを言いませんでした。頼朝《よりとも》の首を斬《き》って俺《おれ》の墓《はか》に供えろ。それだけが、俺の遺言だと言い切りました。そして、いよいよ最後の日。

四日入道《にゅうどう》弥病《やまい》ニ責《せめ》伏ラレ給ヘリ。燃焦《もえこがれ》テ難レ堪《がたしたえ》ト宣《のたまい》ケレハ、百人ノ夫《ぶ》ヲ立《たて》テ、追續《おいつぎ》々々、比叡山ノ千手院ヨリ水ヲムスヒ下《して》メ、石ノ舩ニ湛《たゝへ》テ、入道其中《そのなか》ニ入テ冷《ひやし》給ケルニ、水ハ涌《わき》返リテ湯ニナレ共、更ニ苦痛ハ止《やま》ザリケリ。後ニハ板ニ水ヲ任セテ、伏《ふし》マロビテ冷給ヘ共、猶《なお》助カル心地シ給ハス、療治《りょうじ》モ術道モ験《げん》ヲ失《うしなひ》、佛神ノ祈禱モ空《むなしき》カ如シ。終《つい》ニ七箇日ト申ニ、悶絶躃地《もんぜつびゃくちして》メ、周章死《あわてじに》ニ失《うせ》給キ。馬車馳違《はせちがへ》貴賤詈騒《ののしりさわぎ》テ京中六波羅塵灰《じんかい》ヲ立タ

□殊勝《しゅしょう》な
commendable
值得赞许
대견한

リ。一天ノ君ノ御事也共《なれども》隠シモヤ有ヘキ。オビタ、シナド云モ不《ならず》レ斜《ななめ》。

（四日、入道は病に苦しみ寝込んでおられた。燃えるようで耐《た》えられないとおっしゃるので、百人の人夫を集め、比叡山の千手院から次々と水を手渡しておろし、石の船に満たして、入道はその中に入って体をお冷やしになったところ、水は沸騰して湯になったが、まったく苦痛はなくならなかった。その後、板に水をかけて横たわってお冷やしになったが、依然として助かる心地はなさらず、治療も祈祷《きとう》も効果を失い、仏神への祈祷《きとう》も無駄であるかのようだった。ついに七日が経ち、苦しみもだえて倒れ伏し、「周章死《あわてじに》」してお亡くなりになった。馬や車が行き交《か》い、富める者も貧しい者も大騒ぎして、京中の六波羅《ろくはら》は土ぼこりが立った。「入道のことであるが、隠し軍勢でもいるのではないか、騒がしいぞ」など尋常ではないさまで騒がれていた。）

『平家物語《へいけものがたり》』では「あっち死に」でしたが、こちらでは「周章死《あわてじに》」。恐らくどちらも、清盛《きよもり》の死のための特製語《とくせいご》だと思います。『平家物語《へいけものがたり》』と『源平盛衰記《げんぺいじょうすいき》』の両側面から、清盛《きよもり》のこういう死に方について考えてみたいと思います。

清盛《きよもり》は、どうしてこんなに熱《あつ》がって死ななければならなかったのでしょうか。生理的に言えば熱病に犯《おか》されたからでしょうが、両書の内容から考えると、清盛《きよもり》を襲《おそ》った熱の病《やまい》は決して肉体の病ではなく、精神の病です。彼の心の中は、満たされない思いでいっぱいだったのです。すべての敵《てき》を倒して来た自分が、どうして最終勝利者の栄光《えいこう》の中で死んでいくことができないのか、たかが小僧《こぞう》っ子頼朝《よりとも》一人のために――それも何の

□小僧《こぞう》っ子
child
小孩子
애송이

清盛《きよもり》の臨終《りんじゅう》（平家物語絵巻）

栄光もなく、むしろみすぼらしく存在しているに過ぎない――あの少年のために、この偉大な勝利者であるはずの自分が、まるでこの世を追われて去る者のような苦しみともがきの中で死を迎《むか》えなければならないとは何たることか。理解できない、残念だ、悔《くや》しい、けしからん、何もかも間違っている！　この世を最後に統括《とうかつ》するのが神か仏か知らんがそれが間違っている。世の秩序《ちつじょ》が滅茶苦茶《めちゃくちゃ》ですべてが狂《くる》っていて、きしんでこすれて衝突《しょうとつ》して火花が出て、あっ、火だ。燃《も》える、燃える燃える！　この火が、何で俺《おれ》を燃やそうとするんだ。熱い！熱い！

　こうして清盛《きよもり》の心と体が、すっかり火に包まれてしまいました。実に哀《あわ》れな「あっち死に」でした。人が最後に迎えるはずの安らかな静寂《せいじゃく》とはまるで縁のない「周章死《あわてじに》」でした。もう少し冷静な見方で言えばこんなふうにも言えます。劣勢《れっせい》になった清盛《きよもり》にとって当面《とうめん》の相手は誰《だれ》なのか、それが判《わ》からないのに、燃える闘争心《とうそうしん》と正体不明の無数の敵《てき》が燃え上がる炎《ほのお》となって、清盛《きよもり》の心中で清盛《きよもり》自身を焼き殺してしまった、そのように見ることもできます。ここに至《いた》って私たちに想像できるのは、因果《いんが》な炎《ほのお》に包《つつ》まれて「あっち、あっち」と叫ぶ、世《よ》にも気《き》の毒《どく》な清盛《きよもり》の最後の姿《すがた》です。

　さてここで、話を『信貴山縁起《しぎさんえんぎ》』の命蓮上人《みょうれんしょうにん》に戻しましょう。命蓮上人《みょうれんしょうにん》が「剣《つるぎ》の護《ご》法《ほう》」を醍醐天皇《だいごてんのう》の夢の中に送り込んで帝《みかど》の病《やまい》を癒《いや》した事実と、平清盛《たいらのきよもり》があまりにも激

□けしからん
bad, outrageous
岂有此理
괘씸하다

□きしんで
to grate
吱吱嘎嘎响
삐걱거리며

□世にも
extremely
非常
참으로

しい征服欲《せいふくよく》と敵愾心《てきがいしん》からわが心に呼び込んでしまった無数の物怪《もののけ》たちを相手に、闇《やみ》の中での暗闘《あんとう》を続けた戦いの場が、彼自身の夢の中であったとしか思えない事実。即《すなわ》ち、命蓮上人《みょうれんしょうにん》と醍醐《だいご》天皇における「明るい夢の事実」と平清盛《たいらのきよもり》における「暗くて悲惨《ひさん》な夢の事実」、二つの事実を並べて見たいと思います。そこに何が見えるでしょうか。それは、人間の見る「夢」が持つ「明」の相《そう》と「暗」の相、その天と地ほどの違いです。夢は、それを見るあるいは見させられる、その当事者《とうじしゃ》にとっては、喜ぶか悲しむか湧《わ》き立つか沈《しず》み込むか、それはもう大変なことなのですが、今ここでは当事者でなく観察者としてその様相《ようそう》を整理《せいり》して理解することにしましょう。

まず私たち、人を命蓮型《みょうれんがた》で夢を見る人と、清盛《きよもり》型で夢を見る人とに区別するようなことはやめましょう。人は誰でも命蓮《みょうれん》的夢体験もするし、清盛《きよもり》的夢体験もするものだと理解しておきます。そして、さんざん悲惨《ひさん》な夢体験をさせられた清盛《きよもり》の霊安《みたまやす》かれ（＊52）と祈《いの》って、もう一度、この挿入《そうにゅう》した清盛談議《きよもりだんぎ》に締《し》めくくりの言葉を加えます。私たちの見る夢には明と暗の二面があり、「明」なる夢は他の方法ではどうしても治すことのできなかった心身の病を一瞬《いっしゅん》のひらめきで快癒《かいゆ》させることができ、一方「暗」なる夢は人の生気《せいき》をすっかり奪《うば》って狂《くる》い死《じ》にのような死に方もさせてしまう、そんな恐ろしい力も持っている、そういうものだと改めて思った次第でした。平清盛《たいらのきよもり》の夢の観察を、こ

□敵愾心《てきがいしん》
antipathy
敌忾心
적개심

□一瞬《いっしゅん》のひらめき
in a flash
闪念
순간의 번뜩임

れで終り、信貴山寺《しぎさんでら》の命蓮上人《みょうれんしょうにん》に再びカメラを向けることとします。

四　信貴山寺《しぎさんでら》が「朝護孫子寺《ちょうごそんしじ》」の名を得る

醍醐天皇《だいごてんのう》は、命蓮《みょうれん》の祈祷療法《きとうりょうほう》で長年苦しめられていた自分の病《やまい》が癒《い》えたことを認め、命蓮《みょうれん》にはっきりとした謝意《しゃい》を表したいと思いました。「思いました」と、他人である筆者が、天皇の心の中を見たかのように明言するのは変ですが、この時の天皇の行動によってそう思って良いことが保障《ほしょう》されるからこう言うのです。その行動とは、天皇が、病気治癒《ちゆ》後にこの寺に発した恩賞授与《おんしょうじゅよ》の御沙汰《ごさた》です。その御沙汰の内容は、「この寺は、私の病気の治癒のために朝廟安穏《ちょうびょうあんのん》　守護国土《しゅごこくど》　子孫長久《しそんちょうきゅう》を祈祷《きとう》して実績《じっせき》をあげた寺である。よって、この寺に「朝護孫子寺《ちょうごそんしじ》」の院号《いんごう》を授《さず》ける。」という趣旨《しゅし》のものです。これが確かな事実であることは、現在、朝護孫子寺《ちょうごそんしじ》の公式《こうしき》ホームページで知ることができます。四文字による三フレーズ、一見して意味は明らかですが、現代語にくだいて言えば次のようになるでしょう。

朝廟安穏《ちょうびょうあんのん》：日本国家の代表である朝廷組織《ちょうていそしき》がゆるぎなく安泰《あんたい》であること。

守護国土《しゅごこくど》：この国がどこからも侵《おか》されることなく平和であること。

□カメラを向ける
to turn to, to focus on
聚焦
초점을 맞추다

□恩賞授与《おんしょうじゅよ》
bestowing a reward
给予赏赐
상을 내리는 것

□御沙汰《ごさた》
imperial order
命令
분부

子孫長久《しそんちょうきゅう》：この国の天皇《てんのう》が、子々孫々《ししそんそん》に至《いた》るまで安泰《あんたい》を保つこと。

こういう次第であるから、この信貴山寺《しぎさんでら》は以後「朝護孫子寺《ちょうごそんしじ》」と名乗りなさいという御沙汰《ごさた》を与えられました。こうして、醍醐天皇直々《だいごてんのうじきじき》のお達《たっ》しで、信貴山寺《しぎさんでら》に「朝護孫子寺《ちょうごそんしじ》」が誕生《たんじょう》し今日《こんにち》に至《いた》ります。このように歴史上のある事実が、一寺院の名称《めいしょう》と文書資料とに裏づけされて、しかもそれが民話《みんわ》的内容を伴《ともな》い、そのままの形で今も存在するというのは実に興味津々《きょうみしんしん》、そして驚《おどろ》くべきことだと思います。しかしながら、ここで一つ断っておかなくてはならないことがあります。それは、本当の歴史上の事実と言い継《つ》がれてきた民話的事実との境目《さかいめ》ということです。

そもそものことから言えば、命蓮上人《みょうれんしょうにん》という人が諸国放浪《しょこくほうろう》の末に信貴山《しぎさん》に辿《たど》り着き、そこに毘沙門天信仰《びしゃもんてんしんこう》の道場《どうじょう》を築《きず》いたこと、また、信貴山寺《しぎさんでら》が「朝護孫子寺《ちょうごそんしじ》」となったことは確かに歴史上の事実です。しかし、米倉《こめぐら》が空を飛んだり米俵《こめだわら》の空中行列《くうちゅうぎょうれつ》ができたりしたのは、これは決して歴史上の事実ではありません。それは、民話《みんわ》的・童話《どうわ》的な「語り」の一事項《いちじこう》に過ぎません。以上の区別をはっきり確認した上で、ここでまたもう一つの確かな事実を付け加えておきます。

□お達《たっ》し
imperial order
指示
지시

『日本書紀《にほんしょき》(*53)』『続日本紀《しょくにほんぎ》(*54)』『日本後紀《にほんこうき》(*55)』『続日本後紀《しょくにほんこうき》(*56)』『文徳実録《もんとくじつろく》(*57)』『日本三代実録《にほんさんだいじつろく》(*58)』、これを「六国史《りっこくし》」と言っていますが、これにもう一つ続く『扶桑略記《ふそうりゃくき》(*59)』という歴史書があります。この本の第二十四巻の末尾《まつび》に加えられた細かい補充記録《ほじゅうきろく》の中に次のような条項《じょうこう》があります。延長《えんちょう》(*60)八年八月十九日の記録に、こう記されています。

十九日庚戌《かのえいぬ》。依二修験之聞一。召二河内国《かわちのくに》志貴山《しぎさん》寺住沙彌《さび》命蓮一。令レ候《こう》二左兵衛陣《さひょうえのじん》一。為二加持一候二御前一。（十九日庚戌、修験ノ聞クニ依リテ、河内国志貴山ノ寺ノ住沙彌命蓮《さびみょうれん》ヲ召シ、左兵衛陣ニ候セシム。加持ノ為ニ御前ニ候ス。）

（十九日庚戌、修験者の聞いたことを頼りに、河内《かわち》の国にある志貴山《しぎさん》の寺の住職《じゅうしょく》である命蓮《みょうれん》を呼び寄せて、左兵衛陣《さひょうえのじん》に参上させた。加持祈祷《かじきとう》をするために天皇にお仕えした。）

これだけの簡単な記事ですが、こう書いてあるということは大変なことです。わざわざ河内《かわち》の国(*61)の信貴山《しぎさん》から、京都の宮廷《きゅうてい》に召された祈祷僧《きとうそう》、沙彌命蓮《さびみょうれん》の存在が、この記事で動かすことのできない歴史上の事実として確認されるからです。

しかしまたこの記事によって、命蓮《みょうれん》がこの日に宮中の修験《しゅげん》の間《ま》(*62)で加持祈祷《かじきとう》をするために左兵衛陣《さひょうえのじん》(*63)に伺候《しこう》したことも明らかなので、命蓮《みょうれん》が都に行くことを断って、遠隔地《えんかくち》からの加持祈祷で帝《みかど》の病を治療したというのが事実でないことが分かります。しかし、

□加持祈祷《かじきとう》
prayers to cure an illness
祈祷病愈
병을 낫기위한 기도

□伺候《しこう》する
to wait on someone,
to present oneself
服侍
문안 드림

そのような事実と説話《せつわ》との食い違いがどうして起こるのか、それはまたまったく別の話ですからここではそれに関わりません。今ここで確認しておきたいのは、

(1)河内《かわち》の信貴山《しぎさん》にいる命蓮《みょうれん》に、はるばるの使者を送って宮廷に招聘《しょうへい》したこと。

(2)命蓮《みょうれん》は、それを受けて参上し、祈祷《きとう》の役目を果《は》たしたこと。

(3)その結果、醍醐天皇《だいごてんのう》から大いに感謝《かんしゃ》されて、寺には「朝護孫子寺《ちょうごそんしじ》」の名が与えられたこと。

右の三点、いずれも、史実価値《しじつかち》と説話価値とを併《あわ》せ持った大事件だと思っています。

さて、ここから先は、まったく私の感想本位の「お話」になります。「私はこう思って受け取っている」という、「歴史秘話」とでも言うべきものです。

醍醐天皇《だいごてんのう》は、かねて祈祷力《きとうりょく》で評判の高い高僧《こうそう》、命蓮《みょうれん》の加持祈祷《かじきとう》を受けている間、そのある一瞬《いっしゅん》に何やらキラッと光るある種《しゅ》、神異的《しんいてき》なものの姿を垣間《かいま》見たように思いました。「見た」と言ってもそれはこの目が見たというよりは、心の眼《め》が異常《いじょう》で異様《いよう》な光を持つ何者かの姿《すがた》を心のヴェールに刻印《こくいん》したとでも言った方がいい、そんな異常体験をしたのでした。なるべく具体的にくだいて言ってみましょう。

ある、何者かの姿が突然現れた。それははるか遠方《えんぽう》から神速《しんそく》をもって飛来《ひらい》し、あっと

□ヴェール
veil
隐秘之处
베일

□神異的《しんいてき》
supernatural
神异的
신이적

□招聘《しょうへい》する
to invite
聘请
초빙하다

かおやっとか感じた時にはもう私の体の中、いやいや心の中だった。そして次に気づいた時、私は心も体も私の感じられる部分はすべて洗い清められていた(「私」というのは醍醐天皇《だいごてんのう》の「私」です)。帝《みかど》はそういう生まれて初めてのすがすがしい体験をした。帝はこの数十日前に体の不調が始まり、都の僧侶《そうりょ》たちが何人も集まって祈祷《きとう》を重ねてもほんの少しも良くはならなかった。あの体内の重苦《おもくる》しさが、命蓮上人《みょうれんしょうにん》の祈祷《きとう》が始まり、そしてついにあの神異《しんい》なる「少年」の飛来《ひらい》と飛去《ひきょ》とを経験して事態《じたい》がガラリと(＊64)一変《いっぺん》した、この間《かん》のことを回想《かいそう》してみないわけにはいきませんでした。

愛らしく清らかで力強く、まことにすがすがしい少年だった。「少年?」そう、見かけは「少年」と言うしかないのだが、あの力強さは到底人間のものではない。神の力、仏の栄光、そういう法力を備《そな》えた超人的《ちょうじんてき》な童子《どうじ》、それが「護法童子《ごほうどうじ》」なのだ。「護法《ごほう》」とは「仏法《ぶっぽう》の守護《しゅご》」なのだから大変なこと。そういう仏法の守り手が私の中から得体《えたい》の知れぬ病魔《びょうま》をいっぺんで叩《たた》き出し、はるかかなたへ吹き飛ばしてくれたのだ。ありがとうよ、スーパー童子《どうじ》。

ところで童子。私の知る限り「護法童子《ごほうどうじ》」にはそれぞれに自分固有の童子名がある。「制多迦童子《せいたかどうじ》」とか「矜羯羅童子《こんがらどうじ》」とか。君は何童子なのだい? 命蓮上人《みょうれんしょうにん》は「剣《つるぎ》の護《ご》法《ほう》」と呼んだが、それはお役目の呼称《こしょう》で名前ではない。君にはまだ名前がないのだね。

□得体《えたい》の知れぬ
unidentified
来路不明
정체를 알 수 없는

よし、それなら私が名を献《けん》じよう。私はこの国の帝なのだから、そのくらいの資格はある。いや、もう私はこの寺に「朝護孫子寺《ちょうごそんしじ》」の名を贈《おく》った。思えば、そこにもう、君の名がひそんでいたのだ。「朝護孫子《ちょうごそんし》」さ。「朝護孫子の寺」だから「朝護孫子寺」なのだ。はい。これはお断りした通り、私の希望による想像です。

五　大安寺別当《だいあんじべっとう》の娘婿《むすめむこ》が見た奇妙《きみょう》な夢

次に、これはまことに何でもないようでいて、突《とつ》に奇妙な夢の話です。『宇治拾遺物《うじしゅういもの》語《がたり》』巻《まき》九の八番目に「大安寺別当《だいあんじべっとう》の女に嫁《か》する男夢見る事」という話があり、『今昔物《こんじゃくもの》語《がたり》』巻《まき》十九の中にも「大安寺別当娘許蔵人通話第二十」といって、大体同じ内容の話が載《の》っています。ここでは『宇治拾遺物語《うじしゅういものがたり》』の文面に添《そ》って話をたどっていきます。

今は昔、奈良の大安寺の別当なりける僧の女《むすめ》のもとに、蔵人なりける人の忍びてかよふ程に、せめて思はしかりければ、時々は昼もとまりけり。

（今となっては昔の事だが、奈良の大安寺の別当《べっとう》である僧の娘のもとに、蔵人《くろうど》である男がこっそりと通っていたが、娘のことが好きで仕方なかったので、時々は昼も家に寄った。）

奈良《なら》には、古来《こらい》、由緒《ゆいしょ》ある寺がたくさんありますが、中でも重要なのが、東大寺《とうだいじ》、興《こう》福寺《ふくじ》、元興寺《がんごうじ》、大安寺《だいあんじ》、薬師寺《やくしじ》、西大寺《さいだいじ》、法隆寺《ほうりゅうじ》で、これを「南都《なんと》(*65)七大寺《しちだいじ》」と呼んでいます。大安寺《だいあんじ》は押しも押されもせぬ「七大寺」の一つです。その寺の総監督《そうかんとく》である「別当」の婿君《むこぎみ》として通《かよ》って来る人ですから相当な身分の人です。「蔵人《くろうど》」は決して高《こう》級官僚《きゅうかんりょう》ではありませんが、いろんな話によく出て来る社会的存在としてはっきりした位置をもつ「お役人」です。

その蔵人殿が「忍《しの》びてかよふ」というのは、何も後《うし》ろめたいことがあって人目を忍ぶのではありません。当時の婚姻《こんいん》はその夫婦関係がしっかり固定するまでは、皆、男子のほうが、夜《よ》な夜な通《かよ》って来て太陽が昇《のぼ》りきる頃《ころ》には朝露《あさつゆ》に袖《そで》を濡《ぬ》らしながら、家路《いえじ》につくのが普通なのでした。ですから、こういう「通《かよ》い」をする男性は、もちろんこれは公用《こうよう》とは何の関係もない私用中の私用での出歩きですから、できれば人に見られたくないと悪いことをするのでもないのに、妙《みょう》に静かに人目につかないように家を出てこっそりと相手の家に入っていくのです。それが「忍《しの》びてかよふ」なのです。

この時の婿君《むこぎみ》の「通い」は「せめて思はしかりければ」とあるように、これはもう、通例の「通い」をするときの気持ちではなく、突《つ》き動かされるように家を出て来た、そういうはやる心の状態《じょうたい》でした。普通の「通い」ならなるべく人目《ひとめ》につかないようにと、夕方、うす暗《ぐら》くなるのを待って出かけるのですが、この日はもうそんな配慮《はいりょ》をする余裕《よゆう》

□はやる心
excited, impatient
心急
설레는 마음

□私用中《しようちゅう》の私用
completely private
纯私事
매우 사사로운 일

□夜《よ》な夜《よ》な
every night
每晚
밤마다

□家路《いえじ》につく
to return home
回家
귀가하다

□押《お》しも押《お》されもせぬ
reputed
名副其实的
뛰어난 실력을 가진

□婿君《むこぎみ》
son-in-law
女婿
사위

も無く、「えい、もう、人に見られたって何だって構《かま》うものか。そもそも悪いことをしに行くんじゃない。婿君《むこぎみ》が嫁様《よめさま》の所に昼行って何が悪いか。悪くも何ともありゃしない。行くんだ行くんだ、今すぐ行くんだ。ハイ、出発進行！」と、こんな気持ちと状況で家を出て来たその日のことでした。

　婿君《むこぎみ》が、そういう心いっぱいの気持ちで来てくれたのですから、嫁君《よめぎみ》もその父も母も家の人々誰彼も皆々大歓迎《だいかんげい》です。そして二人は、ぐっすりと眠りました。さて、そろそろ眠りが浅くなって体は起きて心が寝ているのか、心が起きて体が寝ているのか、何だかわからないけれど、とにかく安楽な気分にまだ浸《ひた》っているとき、婿君の耳にこの大寺《おおでら》の台所の方から食事の用意ができて食器の触れ合う音がカチャン、カタカタなど聞こえ始め、食事を運ぶ人たちの足音がせわしげに聞こえて来ました。これは、昔の人でも現代の私たちでもまったく同じ体験をすると思います。周囲の物音がまだ寝床《ねどこ》にいる人の、半睡半覚《はんすいはんかく》の耳に入って来て、夢の中でのある役割を持った物音として受け取られる、あの経験です。そういう経験の内容が、実に分かりやすくこの物語のこの下りの叙事描《じょじびょう》写《しゃ》の文章に描《えが》き出されているのです。以下、原文と筆者の文章と、ないまぜにして事態《じたい》の進展《しんてん》をたどります。この婿君《むこぎみ》が嫁君《よめぎみ》の家でどんな夢を見るのでしょう。

□～ありゃしない
not so
并不是
~일 리가 없다

□せわしげに
busily, hurriedly
匆匆忙忙
분주하게

ある時昼寝したりける夢に、俄《にわか》にこの家の内に、上下の人どよみてなきあひけるを、いかなる事やらんと、あやしければ、立出て見れば、しうとの僧、妻の尼公《にこう》より始て、ありとある人、みな大きなる土器《かはらけ》をさゝげてなきけり。いかなれば、このかはらけをさゝげてなくやらむと思ひて、よく〱見れば、あかがねのゆを土器ごとにもれり。

（あるとき昼寝をした夢の中で、急にこの家の中で、家の主や使用人が声を出して泣き合っているのが聞こえた。何があったのだろうか、と不思議に思って出ていって見ると、別当《べっとう》やその妻の尼君《あまぎみ》を始め、ありとあらゆる人が皆大きな丼《どんぶり》を持って泣いていた。何のわけがあって丼を持って泣いているのだろうと思ってよくよく見ると、銅《あかがね》の湯を丼に入れている。）

さて、通って来た婿君《むこぎみ》がはやる心で昼からの寝床入《ねどこい》りをしたその日の夢の中、この家の中で俄《にわか》に家の主《あるじ》たちや使用人たちのいつもとは少し違う泣き叫ぶような異様《いよう》な声が響《ひび》いてきました。何事《なにごと》かと婿君は寝ながらに怪《あや》しく思い耳を立てた。いや、それでは気が済まなくて起きて騒《さわ》がしい声のする方へ行ってみました。するとまあ、一体これはどうしたことでしょう。主《あるじ》の別当《べっとう》、その妻の尼君《にぎみ》(＊66)をはじめこの家のありとあらゆる人たちが丼《どんぶり》をささげ持って泣いているのです。

婿君《むこぎみ》の蔵人《くろうど》は一体この人たちは何の訳があってあの丼を後生大事《ごしょうだいじ》にささげ持ち、そして、おいおいひいひい泣いているのだろうかと不思議でならず、丼の中身をよくよく

□ささげ持つ
to hold reverently with both hands
高举
받쳐들다

□後生大事《ごしょうだいじ》に
with reverence
极其重视
매우 소중히

□耳を立てる
to strain one's ears
侧耳倾听
귀기울이다

見ると、何《なん》と何と煮《に》えたぎるような銅《あかがね》の湯が器《うつわ》いっぱい入っているではありませんか。
次は原文で。

打ちいりて、鬼のゝませんにだにものむべくもなき湯を、心となく〳〵のむ也けり。からくしてのみはてつれば、又、こひそへてのむものもあり。下らうにいたるまでものまぬものなし。我《わが》かたはらにふしたる君を、女房きてよぶ。おきていぬるを、おぼつかなさにまた見れば、この女も、大きなる銀《しろがね》のかはらけに、銅《あかがね》のゆを一かはらけ入《いれ》て、女房とらすれば、この女取りて、細くらうたげなる声をさしあげてなく〳〵のむ。目鼻よりけぶりくゆりいづ。

(鬼が飲ませようとしても飲めないような銅の湯を、自ら進んで泣きながら飲んでいる。何とか飲み切ると、またこぞって飲むものもいた。下郎《げろう》に至るまで飲まない者はいない。私のそばで寝ている妻を、女中が来て呼ぶ。起き上がって去っていくのを心配してまた見ると、女中が大きな銀の丼《どんぶり》に銅《あかがね》の湯をいっぱいに入れて渡すと、妻はそれを取り、細く可愛らしい声をあげて泣く泣く飲む。そして、目と鼻から煙が出ている。)

さあさあ、えらいことになって来ました。仮《か》りに状況さし迫《せま》って、ここが地獄《じごく》でそれを自分に強《し》いる者が鬼《おに》であったとしても決して飲める代物《しろもの》ではない。しかし、この銅《あかがね》の湯を、何とこの人たちは自分から進んでそれでいて泣きながら飲んでいるのです。いやいや何たる光景でしょう。しかもこの人たち、やっとその一杯を飲み切ったと思ったら「もう一杯」と、また丼《どんぶり》を出して飲んだりしています。この有り様は身分の高いも低いも皆同じで、誰《だれ》一人飲まない者はいません。

その時、蔵人《くろうど》のとなりで寝ている妻をこの家の女中《じょちゅう》（原文の「女房《にょうぼう》」は女性の働き人のことで、現代語の「女房＝妻」とは違います）が呼びに来ました。妻が起きて行きますから蔵人も心配でついて行くと、ああ、ついに我が妻も例外ではありませんでした。大きな銀の杯《さかずき》に、なみなみと銅《あかがね》の湯が注がれ、妻も拒《こば》むことなく杯《さかずき》一ぱいの銅の湯を、口へ喉《のど》へと運ぶのです。でも、決して平気で飲んでいるのではありません、「細く、らうたげなる声」を上げて泣く泣く飲んでいるのです。「らうたげ」とは美しく可愛らしいという意味。風情《ふぜい》はたっぷりではあるけれど、今この場では、哀《あわ》れで可哀想《かわいそう》で到底ただ見て聞いて済ましてはいられない、何とかならぬかと心を揺《ゆ》さぶられてしまう、そんな情況を表しています。そして、いよいよ大変なことになってきます。あの銅《あかがね》の湯を飲むわが妻の、目や鼻から、湯気《ゆげ》か煙《けむり》か、いや本当に煙がくゆり昇《のぼ》ってきているではありませんか。

あさましとみてたてる程に、又「まらうどにまいらせよ」と云て、かはらけを台にすへて

□くゆり昇《のぼ》る
to smolder
慢慢升起
연기가 피어오르다

□女中《じょちゅう》
female attendant
女佣
하녀

女ばうもてきたり。我もかゝる物を飲まんずるかと思ふに、あさましくて、まどふと思う程に夢さめぬ。

（茫然《ぼうぜん》として立っていると、また「お客様に差し上げなさい。」と言って、丼《どんぶり》を台の上において持ってきた。私もこういうものを飲むことになったかと思うと、うろたえ、途方《とほう》に暮れた時に夢が覚めた。）

いやいやこれは何たる光景かと、言葉にもならない驚《おどろ》きと怖れで見ていると、さらに別の女中が「あら、お客様に差し上げなければ！」と言って、例のものを台に据《す》えてこちらにやって来るではありませんか。ああ、ついに私もこういうものを飲むことになったかと思おうにも、まだ思う心が定まらず、「ええ、どうしよう、どうしよう」と惑乱《わくらん》の極《きわみ》に達《たっ》した時に夢が覚《さ》めたのでした。原文、もうひと下《くだ》りあります。

おどろきてみれば、女房、くひ物をもてきたり。しうとのかたにも物くふをとしてののしる。寺の物をくふにこそあるらめ。それがかくはみゆるなりと、ゆゝしく心うくおぼえて、むすめの思はしさもうせぬ。さて心ちのあしきよしを言ひて、物もくはずしていでぬ。そのゝちは、つゐにかしこへゆかずなりにけり。

（目を覚まして見ると、女中が朝食を持ってきた。別当《べっとう》がいる方からはにぎやかに物を食べる音がし

□惑乱《わくらん》の極《きわみ》
be distressed and confused
心慌意乱
혼란의 극치

ている。寺の物を食べているのだろう。この様子が夢の中ではあのように見えたのだと思うと、気持ちが悪くなって娘を好きだと思う気持ちがなくなった。そして気持ちが悪いと言って、何も食べずに家を出た。その後はついにそこに通わなくなってしまった。）

ここの「おどろきて」は、びっくりしたという意味ではなく「目を覚まして」という意味です。古文の「おどろく」は「驚愕《きょうがく》」よりも目覚めを表します。蔵人《くろうど》は銅《あかがね》の湯を持って来られて、惑乱《わくらん》の極《きわみ》に達《たっ》したところで夢と眠りが醒《さ》めました。醒めたところではっきりと目を覚ましてよく見ると、女中たちがいとも通常の寺の朝食を持って来たのでした。「やれやれ、ああ良かった。これが本当の現実であれは夢だったのだ。よかったよかった」と、蔵人はとにかく胸をなでおろしたことと思います。蔵人は平常心を取り戻して辺《あた》りの状況を見ると、何のことは無い、寺はまったくいつも通りの朝を迎えてさあ今日一日の始まりと、健全《けんぜん》にして平凡《へいぼん》な人々の暮らしぶりです。それなのに蔵人は、自分ひとり異様《いよう》な光景を見て異常な精神状態《じょうたい》になっていたのだな、やれやれ何でもなかったのだ、ああ良かったと、ほっとするのが普通の心ですが、彼の心はそのようには働きませんでした。何だか変なのです。どうしても変なのです。一体あれは何だったのだ。俺《おれ》は頭がおかしくでもなったのかと、こんな自己《じこ》反省したのは良かったのです

□胸《むね》をなでおろす
to give a sigh of relief
安心下来
가슴을 쓸어내리다

□いとも
extremely
非常
매우

が、この反省がどうも行き過ぎてしまったように思えます。それが「かくはみゆるなりと、ゆゝしく心うくおぼえて」というところ。寺の台所での食事作りや食事配り、そういう諸作業《しょさぎょう》から出る物音《ものおと》から、蔵人《くろうど》は、自分の頭の中でまるで地獄《じごく》の亡者《もうじゃ》たちの異《い》常《じょう》な食事の情景といったものをイメージして作り上げ、それは架空《かくう》の情景だったのだと、夢から覚めた今は思うのだけれど、そうわかっていながら「馬鹿《ばか》な空想をしたものだ」と笑って済ますことができない自分がいることを発見したのです。今、この時点での蔵人は、自分の心を正しく捉《とら》えることができませんでした。そしてただ、こうつぶやいていました。「ああ、変だった。変だった。何が変なのだ？　いや、分からない。でも、変なのだ」。こういう中《ちゅう》ぶらりんの変な気持ちが続いているうちに、「ゆゝしく心うくおぼえて、むすめの思はしさもうせぬ。（気持ちが悪くなって娘を好きだと思う気持ちがなくなった）」となり、さらに、「その、ちは、つゐにかしこへゆかずなりにけり。（その後はついにそこ（その女の家）に通わなくなってしまった）」となってしまったのでした。「いや、あのー、ちょっと気分が、あんまりよくないんだよ。うーん、何だか、さっきから急にね。だから、今日は、これで帰らしてもらうわ。すぐまた来るからね。んじゃ、ごめん。」とまあ、そんな調子でその場は格好悪く逃げるように帰っていった蔵人《くろうど》。こんな変な、男の半端《はんぱ》行動のあおりをまともに喰《く》ってしまった嫁《よめ》君は本当に気の

□あおり
result, be hit hard by ～
影响
여파

□中ぶらりん
unsatisfactory
模棱两可
어중간함

毒でした。

さて、この物語の読みはこれで終わります。しかし、こう書いてきて、筆者、終わり心地《ごこち》がどうも良くありません。なぜこの物語を紹介したか、その結論の締《し》めくくりがどうも気持ちよくできません。それで、仕方がないので、今書きながらの筆者の感想をそのままに記すことにします。

この話は、何だか変な話です。「何だか」だけではあまりに無責任ですから、その「変」さをもう少しあれこれ考えてみます。まず感覚的に変です。到底《とうてい》飲めないものを皆が飲んでいること。人間の体と味覚とが到底受けつけないはずの物をこの寺の人たちが受け入れていることが「変」です。しかし、本当に変なのはそこではなく、受け入れてその変な物質を飲んでいるその人たちの飲み方が、喜んで飲んでいるのではないのが明らかなのに、お代わりをして飲んでいる。この「変」さは、不連続《ふれんぞく》の奇妙《きみょう》さです。説明のつかない「変」さ、奇妙さです。それから、この夢は、どこから発して襲《おそ》って来来るのかわからない、不可解な発生源《はっせいげん》から発して突然襲って来る、そういう恐ろしさを持っている。これは、そういう変な話です。総じて、この話の「変」さは、生理、感覚、理性、論理、等々、人間が賢くあろうとして頼りにするいろいろな尺度《しゃくど》がどれも通用しそうも無い、そんな困った困った「変」さを持った恐ろしく手ごわい変な話です、これは。

■引用文献■　**※ルビを含む表記は引用文献にしたがった。**

『今昔物語』：『今昔物語集　本朝部（上）』池上洵一（編）（2001）　岩波書店
『宇治拾遺物語』：『宇治拾遺物語　上巻』渡邊綱也（校訂）（1951）　岩波書店
『宇治拾遺物語　下巻』渡邊綱也（校訂）（1951）　岩波書店
『平家物語』：『平家物語（二）』梶原正昭・山下宏明（校注）（1999）　岩波書店
『源平盛衰記』：『源平盛衰記　第四冊』渥美かをる（解説）（1978）　勉誠社

■脚注■

（＊1）**フロイド**：Freud, Sigmund（1856-1939）。人間《にんげん》の心《こころ》の中《なか》に無意識《むいしき》の領域《りょういき》を発見《はっけん》して精神分析学《せいしんぶんせきがく》を創始《そうし》したオーストリアの精神分析学者《せいしんぶんせきがくしゃ》。精神科医《せいしんかい》。一九〇〇年に『夢判断《ゆめはんだん》』（ドイツ語《ご》：Die Traumdeutung、英語《えいご》：The Interpretation of Dream）を出版《しゅっぱん》。

（＊2）**信貴山縁起《しぎさんえんぎ》**：平安時代《へいあんじだい》（794-1192）後期《こうき》（一一五〇年頃《ごろ》）に成立《せいりつ》したと言《い》われる作者不明《さくしゃふめい》の絵巻物《えまきもの》。国宝《こくほう》。「縁起《えんぎ》」は、物事《ものごと》の始《はじ》まり、由来《ゆらい》のこと。『信貴山縁起絵巻《しぎさんえんぎえまき》』とも言《い》う。

（＊3）**毘沙門天《びしゃもんてん》**：仏教《ぶっきょう》における四つの守護神《しゅごしん》（四天王《してんのう》）のうちの一つ。北方《ほっぽう》を守《まも》る神《かみ》。

（＊4）**朝護孫子寺《ちょうごそんしじ》**：信貴山《しぎさん》にある毘沙門天《びしゃもんてん》を祭《まつ》る寺《てら》。「信貴山寺《しぎさんでら》」、「信貴《しぎ》の毘沙門天《びしゃもんてん》」とも言《い》う。

（＊5）**聖徳太子《しょうとくたいし》**：飛鳥時代《あすかじだい》（六〇〇年頃《ごろ》）に、摂政《せっしょう》という身分《みぶん》で、天皇《てんのう》を助《たす》けて政治《せいじ》を行《おこな》った人物《じんぶつ》。

（＊6）**護法童子《ごほうどうじ》**：仏法《ぶっぽう》（仏《ほとけ》の教《おし》えや真理《しんり》）や仏教徒《ぶっきょうと》を守《まも》る神《かみ》。また、仏《ほとけ》の世話《せわ》をする従僕《じゅうぼく》。

（＊7）**不動明王《ふどうみょうおう》**：密教《みっきょう》の中心的存在《ちゅうしんてきそんざい》。大日如来《だいにちにょらい》という仏《ほとけ》が人々《ひとびと》を教化《きょうか》する時《とき》に通常《つうじょう》の姿《すがた》ではなかなか教化《きょうか》できないので恐《おそ》ろしい表情《ひょうじょう》・姿《すがた》に化身《けしん》して現《あらわ》れたもの。悪《あく》や敵《てき》を滅《ほろ》ぼし人々《ひとびと》を守《まも》り教化《きょうか》すると言《い》う。

（＊8）**今昔物語《こんじゃくものがたり》**：平安時代《へいあんじだい》(794-1192)末期《まっき》に成立《せいりつ》したとされる昔話《むかしばなし》や伝説《でんせつ》などを集《あつ》めた物語集《ものがたりしゅう》で、全三十一巻《かん》。編著者不明《へんちょしゃふめい》。

（＊9）**大和《やまと》の国《くに》**：現在《げんざい》の奈良県《ならけん》のあたり。

（＊10）**常陸《ひたち》の国《くに》**：現在《げんざい》の茨城県《いばらきけん》のあたり。

（＊11）**宇治拾遺物語《うじしゅういものがたり》**：鎌倉時代《かまくらじだい》(1192-1333)初期《しょき》（一二〇〇年頃《ごろ》）に成立《せいりつ》したとみられる仏教《ぶっきょう》の話《はなし》や人々《ひとびと》の間《あいだ》に伝《つた》わる話《はなし》など幅広《はばひろ》く集《あつ》めた物語集《ものがたりしゅう》。編著者不明《へんちょしゃふめい》。

（＊12）**信濃《しなの》の国《くに》**：現在《げんざい》の長野県《ながのけん》のあたり。

（＊13）**護世大悲多門天《ごせいだいひたもんてん》**：世《よ》の中《なか》を守《まも》り、人々《ひとびと》の苦《くる》しみを救《すく》う毘沙門天《びしゃもんてん》のこと。

（＊14）**説教《せっきょう》**：一般《いっぱん》に宗教《しゅうきょう》の教《おし》えなどを話《はな》して聞《き》かせること、またその話《はなし》の内容《ないよう》。ここでは明練《みょうれん》による仏教《ぶっきょう》（特《とく》に毘沙門天《びしゃもんてん》）の教《おし》えに関《かん》する話《はなし》。

（＊15）**古本説話集《こほんせつわしゅう》**：平安時代《へいあんじだい》(794-1192)末期《まっき》から鎌倉時代《かまくらじだい》(1192-1333)初期《しょき》に成立《せいりつ》したと考《かんが》えられている、和歌《わか》を中心《ちゅうしん》とした貴族《きぞく》に関《かか》わる話《はなし》や、仏教《ぶっきょう》の話《はなし》を集《あつ》めた説話集《せつわしゅう》。『今昔物語《こんじゃくものがたり》』『宇治拾遺物語《うじしゅういものがたり》』と共通《きょうつう》する説話《せつわ》を多《おお》く含《ふく》んでいる。一九四三年に発見《はっけん》された。

（＊16）**絵巻《えまき》**：横《よこ》に長《なが》い紙《かみ》に物語《ものがたり》などを絵《え》に描《か》いたもので、軸《じく》に巻《ま》きつけたもの。描《か》かれた場面《ばめん》を説明《せつめい》する言葉《ことば》も書《か》かれている。絵巻物《えまきもの》とも言《い》う。

（＊17）**山城《やましろ》の国《くに》**：現在《げんざい》の京都府《きょうとふ》のあたり。

（＊18）**一尺《いっしゃく》**：尺《しゃく》は長《なが》さの単位《たんい》。一尺《いっしゃく》は約《やく》30センチ。

（＊19）**一二丈《じゅうにじょう》**：丈《じょう》は長《なが》さの単位《たんい》。一丈《いちじょう》は約《やく》3メートル。一二丈《じゅうにじょう》は約《やく》36メートル。

（＊20）**千石《せんごく》**：石《こく》は体積《たいせき》の単位《たんい》。一石《いっこく》は約180リットル。

（＊21）**鳥獣人物戯画《ちょうじゅうじんぶつぎが》**：動物《どうぶつ》や人物《じんぶつ》が戯《ざ》れる様子《ようす》が描《か》かれた平安時代《へいあんじだい》(794-1192)末期《まっき》から鎌倉時代《かまくらじだい》(1192-1333)初期《しょき》に成立《せいりつ》した絵巻物《えまきもの》。作者《さくしゃ》は鳥羽僧正《とばそうじょう》とされることが多《おお》いが実際《じっさい》は複数《ふくすう》の作者《さくしゃ》によって描《か》かれたとみられる。

（＊22）**鳥羽僧正《とばそうじょう》**：平安時代《へいあんじだい》(794-1192)後期《こうき》の天台宗《てんだいしゅう》(仏教《ぶっきょう》の一宗派《いちしゅうは》)の高《たか》い位《くらい》の僧《そう》。絵画《かいが》にも精通《せいつう》していたので、鳥獣戯画《ちょうじゅうぎが》の作者《さくしゃ》と言《い》われている人物《じんぶつ》。

（＊23）**上人《しょうにん》**：位《くらい》の高《たか》い仏教《ぶっきょう》の僧侶《そうりょ》を尊敬《そんけい》して使《つか》う称号《しょうごう》。

（＊24）**延喜《えんぎ》の御門《みかど》**：醍醐天皇《だいごてんのう》のこと。「延喜《えんぎ》」は日本の元号《げんごう》の一つで、九〇一～九二三年の期間《きかん》を指《さ》す。

（＊25）**醍醐天皇《だいごてんのう》**：第《だい》六〇代天皇《だいてんのう》(在位《ざいい》：897-930)。

（＊26）**蔵人《くろうど》**：天皇《てんのう》の側近《そっきん》として働《はたら》く役人《やくにん》で、宮中《きゅうちゅう》の行事《ぎょうじ》や事務全般《じむぜんぱん》に大《おお》きな力《ちから》をもっていた。

（＊27）**ハッ**、**只今《ただいま》**：目上《めうえ》の人《ひと》に対《たい》する返事《へんじ》。「ハッ、」は「はい」、「只今《ただいま》」は「いますぐに」という意味《いみ》。

（＊28）**御所《ごしょ》**：天皇《てんのう》(帝《みかど》)やそれに次《つ》ぐ地位《ちい》の高《たか》い人《ひと》たちの住居《じゅうきょ》。

（＊29）**とろり**：気持《きも》ちよく眠《ねむ》くなって意識《いしき》がぼんやりしている様子《ようす》や、ものが柔《やわ》らかくなって液状《えきじょう》になる様子《ようす》を表《あらわ》す擬態語《ぎたいご》。ここでは眠気《ねむけ》で意識《いしき》が融《と》けていくような様子《ようす》を表《あらわ》している。

（＊30）**ピンピン**、**シャンシャン**：体調《たいちょう》も気分《きぶん》もよく、とても元気《げんき》で気持《きも》ちがよくて、体《からだ》も気分《きぶん》も弾《はず》むような雰囲気《ふんいき》を表《あらわ》す擬態語《ぎたいご》。

(＊31）**平安王朝《へいあんおうちょう》**：「王朝《おうちょう》」は一般《いっぱん》に一つの王家《おうけ》に属《ぞく》する王《おう》や君主《くんしゅ》が代々《だいだい》支配《しはい》する時代《じだい》やその王家《おうけ》の系列《けいれつ》を表《あらわ》す。「平安王朝《へいあんおうちょう》」は天皇《てんのう》を中心《ちゅうしん》とした政治《せいじ》が行《おこな》われていた平安時代《へいあんじだい》(794-1192)を指《さ》す。

(＊32）**弓矢刀槍《きゅうしとうそう》で争《あらそ》う**：弓《ゆみ》と矢《や》、刀《かたな》、槍《やり》などの武器《ぶき》を総動員《そうどういん》して争《あらそ》う。

(＊33）**平氏《へいし》にあらざれば人《ひと》にあらず**：平家《へいけ》が天下《てんか》を取《と》った時代《じだい》に、その権力《けんりょく》・特権《とっけん》の強《つよ》さを表現《ひょうげん》するために言《い》われた。「平家《へいけ》の一族《いちぞく》や家臣《かしん》でなければ人《ひと》としては扱《あつか》えない」という意味《いみ》。

(＊34）**功成《こうな》り名遂《なと》げて**：「人《ひと》に評価《ひょうか》される仕事《しごと》を成《な》し遂《と》げ、成功《せいこう》を収《おさ》め、有名《ゆうめい》になって」という意味《いみ》。

(＊35）**平家物語《へいけものがたり》**：鎌倉時代《かまくらじだい》(1192-1333)に成立《せいりつ》したと考《かんが》えられている戦記物語《せんきものがたり》。平家《へいけ》が栄《さか》えやがて没落《ぼつらく》し滅亡《めつぼう》していく様《さま》を描《えが》いている。

(＊36）**源平盛衰記《げんぺいじょうすいき》**：『平家物語《へいけものがたり》』の異本《いほん》(書物《しょもつ》が書《か》き写《うつ》され伝《つた》えられる間《あいだ》に文字《もじ》や文章《ぶんしょう》などが変化《へんか》したもの)の一つ。

(＊37）**福原遷都《ふくはらせんと》**：平安時代《へいあんじだい》(794-1192)末期《まっき》に一時的《いちじてき》に都《みやこ》を京《きょう》から福原《ふくはら》(現在《げんざい》の神戸市《こうべし》)に移《うつ》したこと。平清盛《たいらのきよもり》によって行《おこな》われたが未完成《みかんせい》に終《お》わり再《ふたた》び京《きょう》に遷都《せんと》した。

(＊38）**ニュッ(と)**：あるものが突然現《とつぜんあらわ》れた様子《ようす》を表《あらわ》す擬態語《ぎたいご》。

(＊39）**キャッ**：突然《とつぜん》の物事《ものごと》に驚《おどろ》いて思《おも》わず発《はっ》する声《こえ》の様子《ようす》を表《あらわ》す擬音語《ぎおんご》。特《とく》に女性《じょせい》が発《はっ》する場合《ばあい》に使《つか》われることが多《おお》い。

(＊40）**はった(と)**：鋭《するど》い目《め》つきでにらむ様子《ようす》を表《あらわ》す擬態語《ぎたいご》。

(＊41）**すうっ(と)**：音《おと》もなく消《き》える様子《ようす》を表《あらわ》す擬態語《ぎたいご》。

(＊42）**かぶら矢《や》**：木《き》など軽《かる》く加工《かこう》しやすい材料《ざいりょう》でできた蕪《かぶら》のような形《かたち》のものを先端《せんたん》に付《つ》けて大《おお》きな音《おと》を出《だ》すように作《つく》られた矢《や》。

(＊43) **天狗《てんぐ》**：鼻《はな》が高《たか》く長《なが》く、赤《あか》い顔《かお》をしている山《やま》の神《かみ》。あるいは山《やま》に住《す》む妖怪《ようかい》の一種《いっしゅ》。「天狗《てんぐ》」という呼《よ》び名《な》は中国《ちゅうごく》の伝説《でんせつ》に由来《ゆらい》する。

(＊44) **うようよと**：生《い》き物《もの》(特《とく》に小《ちい》さい生《い》き物《もの》)がたくさん集《あつ》まって動《うご》き回《まわ》っている様子《ようす》を表《あらわ》す擬態語《ぎたいご》。

(＊45) **都落《みやこお》ち**：都《みやこ》や都会《とかい》にいられなくなり、地方《ちほう》へ逃《に》げていくこと。ここでは、京《きょう》の都《みやこ》から福原《ふくはら》という田舎《いなか》に遷都《せんと》したこと。

(＊46) **武門《ぶもん》の人《ひと》**：武士《ぶし》の家筋《いえすじ》の出身者《しゅっしんしゃ》。武士《ぶし》。

(＊47) **平家琵琶《へいけびわ》**：『平家物語《へいけものがたり》』を語《かた》るときに使《つか》う弦楽器《げんがっき》の琵琶《びわ》の一種《いっしゅ》。

(＊48) **バチ**：琵琶《びわ》を演奏《えんそう》するときに弦《げん》を弾《ひ》くために使《つか》う道具《どうぐ》。

(＊49) **太政大臣《だじょうだいじん》**：古代《こだい》や中世《ちゅうせい》の貴族社会最高《きぞくしゃかいさいこう》の地位《ちい》の職名《しょくめい》。武家出身者《ぶけしゅっしんしゃ》がなることは珍《めずら》しい。

(＊50) **南無阿弥陀仏《なむあみだぶつ》**：「阿弥陀仏《あみだぶつ》に従《したが》う」という意味《いみ》の仏教《ぶっきょう》のことば(念仏《ねんぶつ》)。そのことば(念仏《ねんぶつ》)を言《い》う(唱《とな》える)と、死《し》んだ後《あと》、苦《くる》しみのない世界《せかい》に行《い》くことができると言《い》われる。

(＊51) **仏《ほとけ》の国《くに》に往生《おうじょう》する**：「死《し》んだ後《あと》、仏《ほとけ》のいる安《やす》らかで楽《らく》な世界《せかい》(極楽浄土《ごくらくじょうど》)に行《い》って生《う》まれ変《か》わる」という意味《いみ》。

(＊52) **霊安《みたまやす》かれ**：「霊《みたま》よ、心《こころ》おだやかにいてください」という祈《いの》りを表《あらわ》す表現《ひょうげん》。

(＊53) **『日本書紀《にほんしょき》』**：奈良時代《ならじだい》(710-794)に書《か》かれた歴史書《れきししょ》。神話的《しんわてき》な時代《じだい》から六九七年までの歴史《れきし》を編年体《へんねんたい》で記述《きじゅつ》したもので、七二〇年に成立《せいりつ》。全三〇巻《かん》。「六国史《りっこくし》」(古代日本《こだいにほん》の国家《こっか》が編纂《へんさん》した六つの歴史書《れきししょ》)の一つ。

(＊54) **『続日本記《しょくにほんぎ》』**：平安時代《へいあんじだい》(794-1192)初期《しょき》に編纂《へんさん》された歴史書《れきししょ》。『日本書紀《にほんしょき》』の続編《ぞくへん》に当《あ》たる。

六九七年～七九一年の歴史《れきし》を編年体《へんねんたい》で記述《きじゅつ》したもので、全四〇巻。「六国史《りっこくし》」の一つ。

(＊55)**『日本後紀《にほんこうき》』**：平安時代《へいあんじだい》(794-1192)初期《しょき》に編纂《へんさん》された歴史書《れきししょ》。『続日本紀《しょくにほんき》』の続編《ぞくへん》に当《あ》たる。七九二年～八三三年の歴史《れきし》を編年体《へんねんたい》で記述《きじゅつ》したもので、八四一年完成《かんせい》。全四〇巻のうち十巻が現存《げんざい》。「六国史《りっこくし》」の一つ。

(＊56)**『続日本後紀《しょくにほんこうき》』**：『日本後紀《にほんこうき》』の続編《ぞくへん》として編纂《へんさん》された歴史書《れきししょ》。八三三年～八五〇年の歴史《れきし》を編年体《へんねんたい》で記述《きじゅつ》したもので、八六九年完成《かんせい》。全二〇巻。「六国史《りっこくし》」の一つ。

(＊57)**『文徳実録《もんとくじつろく》』**：平安時代《へいあんじだい》(794-1192)前期《ぜんき》の歴史書《れきししょ》。八七九年完成《かんせい》。全十巻。「六国史《りっこくし》」の一つ。

(＊58)**『日本三代実録《にほんさんだいじつろく》』**：清和《きよかず》、陽成《ようぜい》、光孝天皇《こうこうてんのう》の三代《さんだい》(858-887)を編年体《へんねんたい》で記述《きじゅつ》した歴史書《れきししょ》。九〇一年完成《かんせい》。全五〇巻。「六国史《りっこくし》」の一つ。

(＊59)**『扶桑略記《ふそうりゃくき》』**：日記《にっき》や伝記《でんき》また「六国史《りっこくし》」などを材料《ざいりょう》とした編年史《へんねんし》。全三〇巻。

(＊60)**延長《えんちょう》**：平安時代《へいあんじだい》(794-1192)の日本の年号《ねんごう》の一つ。九二三年から九三一年までの期間《きかん》を指《さ》す。

(＊61)**河内《かわち》の国《くに》**：現在《げんざい》の大阪府《おおさかふ》の東部《とうぶ》あたり。

(＊62)**修験《しゅげん》の間《ま》**：天皇《てんのう》の身《み》の回《まわ》りの警護《けいご》を行《おこな》う人《ひと》たちの居《い》るところ。

(＊63)**左兵衛陣《さひょうえのじん》**：日本古代《こだい》の政治制度《せいじせいど》(律令制《りつりょうせい》)のもとで、天皇《てんのう》の身辺《しんぺん》の警護《けいご》を担当《たんとう》する部署《ぶしょ》(兵衛《ひょうえ》府《ふ》)の武官《ぶかん》(兵衛《ひょうえ》)の詰《つ》め所《しょ》の一つ。兵衛府《ひょうえふ》は左右《さゆう》の二つに分《わ》かれ、各々数百人《おのおのすうひゃくにん》の兵衛《ひょうえ》が所属《しょぞく》し天皇《てんのう》の親衛隊《しんえいたい》としての役割《やくわり》を果《は》たした。

(＊64)**ガラリと**：外見《がいけん》や内容《ないよう》などが急《きゅう》にすっかり変《か》わる様子《ようす》を表《あらわ》す擬態語《ぎたいご》

(＊65)**南都《なんと》**：奈良《なら》のこと。北都《ほくと》は、京都《きょうと》のことをいう。

(＊66)**尼君《にぎみ》**：尼《あま》になった高貴《こうき》な女性《じょせい》を敬《うやま》っていう言葉《ことば》。

第3章

流れ

KEYWORDS

- □ 伊勢物語《いせものがたり》
- □ 在原業平《ありわらのなりひら》
- □ 一途《いちず》な恋《こい》
- □ 東下《あずまくだ》り
- □ 惟喬親王《これたかしんのう》
- □ 紀有常《きのありつね》
- □ 男の友情
- □ 母の愛
- □ 辞世《じせい》の歌

一　章の初めに

宇宙《うちゅう》に物が無ければただ永遠だけがあります。しかし、何かがあると必ず、時が流れます。どんな存在物も、例外無く時の流れの中にあります。人の存在ももちろん、時の流れの中のものです。人間は、どんな人でもただひとりの人間ですが、その「ひとり」即《すなわ》ち、各人にとっての「自分」は、必ずほかの誰《だれ》とも違う「自分だけの自分」であり、何時《いつ》からそのことを意識するかは人によって違いますが、多分非常に早い、いわゆる「物心《ものごころ》がつく」という時期にそれを感じ出すのだと思います。そして、「ひと（他人）」とは別のものである「自分」がいつも周囲に居る「ほかの人」と一緒に、自分の人生を生きて行きます。親でも兄弟でも皆その「ほかの人」です。

この章では、「流れ」の中で人と関わりながら生きる人生、「人生の中での『流れ』の体験」を観察します。その観察の対象を一人の人に定めます。平安時代《へいあんじだい》(*1)初期《しょき》の歌人《かじん》在原業平《わらのなりひら》(*2)が観察の対象です。

二　『伊勢物語《いせものがたり》(*3)』で見る業平《なりひら》——歌の生涯《しょうがい》

第一章でかぐや姫《ひめ》の『竹取物語《たけとりものがたり》』を見ました。『竹取物語《たけとりものがたり》』は「物語の出《い》で来《き》はじめの親」と言われているように、日本で一番古い「つくり物語(*4)」ですが、作者はわかり

□ 歌人《かじん》
poet
诗人
가인 , 시를 읊는 사람

ません。その『竹取物語《たけとりものがたり》』の次に古いのが『伊勢物語《いせものがたり》』です。文献《ぶんけん》としての『伊勢物語《いせものがたり》』は、何時《いつ》誰が作ったのか、もっと正確に言うと、いつ頃《ごろ》からいつ頃までの間にどんな過程《かてい》、どんないきさつを経《へ》てこの作品が出来上がっていったのか、そういうことは大変難しい問題で、多くの学者・研究者が探究して来ましたが、まだ動かぬ定説《ていせつ》は作られていません。そういう、難しい問題を論ずるための知識を筆者は持っていませんので、ここでは、こういうことにはいっさい触れません。

現在、私たちが手に取って読むことができる『伊勢物語《いせものがたり》』は、大体一二五段に整えられる短い歌物語《うたものがたり》から出来ていて、短い段《だん》はほんの二行か三行、いくら長くても三十行を超えるものはほとんどありません。今、岩波文庫の『伊勢物語《いせものがたり》』（大津有一校注）で、目につく長篇《ちょうへん》を長い方から並べてみると、

第六十五段―三十一行、第九段―二十八行、第六十九段―二十七行

第八十七段―二十五行、第二十三段―二十三行、第三十一段　二十行

ぐらいなものであとの大部分は、五、六行のもの。十行にもなればこの物語では長篇に属《ぞく》する、そういう感じのこれは短篇《たんぺん》歌物語の集まりです。そして、この歌物語集、その話の一つ一つを私たちは、「段」と呼んでおり、その一段一段を一つの独立した歌物語と扱うのですが、そもそも『伊勢物語《いせものがたり》』は一話ごとに改行はされますが、行間を空け

ることは一切していませんから、「一話」とか「一段」とかの範囲《はんい》を文章の中身を読まずに目だけで捉《とら》えることは、実はそんなに簡単ではありません。

しかし、案《あん》ずるより生むが易《やす》し(＊5)で、実際に中身を読めば各説話がどれも例外無しに「むかし」または「昔」という書き出しの言葉で始まっているので、構わずに読んでいけば、おのずと説話の区切りは理解することができます。そのような一つ一つの歌物語が一二五段つらなっているのが『伊勢物語《いせものがたり》』です。

さあ、こんな説明は早くやめて、業平《なりひら》の歌の流れを見て、そして感じることにしましょう。ですがここで最初にお断りしておきます。以下、この歌物語を読みたどりながら、しきりに私は「業平《なりひら》」と呼びますが、これは歴史上の実在者である在原業平《ありわらのなりひら》を、そのままに指して呼ぶのではありません。以下私が言う「業平《なりひら》」は、現代社会に読み物として存在する『伊勢物語《いせものがたり》』の中に、いろいろな行動をしたり和歌を詠《よ》んだりして、読者である私たちの心の中に、その人のいかにもその人らしい人格の印象を作り出していく、そういう生々しい人格印象をここで私は「業平《なりひら》」また「在原業平《ありわらのなりひら》」と呼ぶのです。

三　若き業平《なりひら》、一途《いちず》の恋の冒険行

まず読みたいのが、第四段です。

□ 一途《いちず》の
single-minded
一味
외곬의

□ おのずと
naturally
自然而然地
저절로

□ 説話《せつわ》
narrative
传说
설화

第四段

むかし、東《ひんがし》の五條に大后《おほきさい》の宮おはしましける、西の對に住む人ありけり。それを本意《ほい》にはあらで心ざしふかゝりける人、行きとぶらひけるを、正月《むつき》の十日ばかりのほどに、ほかにかくれにけり。ありどころは聞けど、人のいき通ふべき所にもあらざりければ、なほ憂しと思ひつゝなむありける。

(昔、東の京の五條《ごじょう》に帝のお后《きさき》がおられたお邸の西の対に住む女がいた。確かなものになってはいないものの、その人に深く心を寄せるようになっていた男が訪れたが、正月十日ごろにその女はどこかに姿を隠してしまった。どこにいるかは聞き知ったが、そこは普通の人が行けるようなところではなかったため、男はそのままつらい気持ちで思い続けていた。)

この物語の「むかし(昔)」が、各説話の語り始めを示す言葉だということは先に申した通りで「現代ではない、大昔の話だ。」と、まともに言っているのではありません。「大后《おおきさい》」とは「皇太后《こうたいごう》」ですから「先帝《せんてい》のお后《きさき》」であって、今上天皇《きんじょうてんのう》(*6)のお后ではありませんが、「過去の人」なのではなく「先帝のお后」としてそこにおられていっこうに構いません。そういうお住まいのある場所の西側に面した家屋に居住する、あるお人が在ったわけで、それが今ここで話題になる女性です。

この女性に深い心ざしを抱く男性、つまりこの物語の主《あるじ》が居たという次第です。心

□ 深《ふか》い心《こころ》ざしを抱《いだ》く
be in love with
心怀恋慕之情
깊은 마음을 품다

ざしを抱くだけでなく、実際に訪問して男女の関係を持つに至《いた》っていました。「本意《ほい》にはあらで」というのは、「固定した男女関係というまでには至っていないが」ということでしょう。決して「不本意ながら」とか「本気ではなく」というようなふらついた心持ちを言うのではありません。

そんな関係の二人であったのに、それが突然のこと、いや、確かにあれは正月《むつき》の十日という日であったその日に、忽然《こつぜん》として彼女の姿《すがた》がそこから消えたのです。どこへ行ったのか聞いていないわけではありません。いや、知ってはいますが、自分のような並の人間が気やすく行ける所ではない、そんな所に彼女が行ってしまったのをただ遠くから手をこまねいて見ていなければならない、このわが心。「これを〝憂《う》し〟と言わずして何と言おうぞ。うーん…」というそういう状況を語ってくれています。

在原業平《ありわらのなりひら》は、京都に都を据《す》えて平安時代の幕開《あ》けをした桓武天皇《かんむてんのう》(*7)から皇統《こうとう》(*8)が

50桓武 ― 51平城《へいじょう》 ― 52差峨《さが》 ― 53淳和《じゅんな》

と続くその第五十一代、平城天皇《へいじょうてんのう》(*9)の第二子である阿保親王《あぼしんのう》の第二子として生まれた人です。第一子、即ち業平の兄は在原行平《ありわらのゆきひら》です。この行平《ゆきひら》も業平《なりひら》とともに『古今和歌集《こきんわかしゅう》(*10)』にしばしば登場する名歌人《めいかじん》です。ですから、そういう行平《ゆきひら》にしろ業平《なりひら》にしろ私たちから見ればまるで雲の上に居る名流《めいりゅう》の歌人たちなのです。それでも、いや、それゆえに、そ

□忽然《こつぜん》として
suddenly
突然
홀연히

□名流《めいりゅう》の
distinguished
有名的
명사의

の人たちがひとたび皇統《こうとう》を外れ政権から離《はな》れてしまうと、どんなにまあ、寂《さみ》しく侘《わ》びしい存在になってしまうか、そのような状況をこの『伊勢物語《いせものがたり》』は実によく語ってくれるのです。先へ進みます。

又の年の正月《むつき》に、梅の花ざかりに、去年《こぞ》を戀ひていきて、立ちて見、ゐて見、見れど、去年《こぞ》に似るべくもあらず。うち泣きて、あばらなる板敷に月のかたぶくまでふせりて、去年《こぞ》を思ひいでてよめる。

・月やあらぬ春や昔の春ならぬわが身ひとつはもとの身にして

（次の年の正月、梅の花が盛りの頃に、男は去年のことを恋しく思い、五条《ごじょう》の西の対に行き、立ったり座ったりして見てみたが、去年と様子がまるで違う。男は涙を流して泣き、荒れ果てた板敷きに月が西の方に傾くまでじっと伏《ふ》せて、去年のことを思い出して歌に詠《よ》んだ。「月も春も昔のままではないのでしょうか。私だけはもとのままで変わらないのに」）

彼女の姿《すがた》が私のこの視界《しかい》から消えて年が改まりました。その春、梅《うめ》の花の盛《さか》りの頃《ころ》、どうにもじっとしていられません。行きました、その場所へ。頭の中、心の中は、ただ去年までのことばかり、この身は呆然《ぼうぜん》と立ち尽《つ》くすのみ。確かにこの場所なのです。立って辺《あた》りを眺《なが》めてもここです。腰をおろして目線を変えてみても確かにここです。で

□ 呆然《ぼうぜん》と立《た》ち尽《つ》くす
be left there standing
呆呆伫立
망연히 서있다

も違うのです。まるで似ていないのです。去年までのここの風景と。

彼女の居ないここなんてまるでここではない。私一人がいくらここに来て、立って見、居て見、して見ても、見えるものすべてがまるで違う。去年のここは生きていた、輝《かがや》いていた。今見るここは死んでいる、見えるものすべてが死んでいる。この家のこの板《いた》敷《じ》きの縁側《えんがわ》(＊11)、それは確かにある。あるにはあるが誰《だれ》の住みかでもないあばら屋の縁側だ。ここに一人の男あり。世の何からも背《そむ》かれ、打ち棄《す》てられて、生けるしかばね(＊12)がここに居る。立っている力もないくらい、その縁側に倒れ伏《ふ》して動くこともできず時が経つ。そうだなあ、時は経つのだ。だって月が傾《かたむ》くじゃないか。せめて月にお礼を言おう。月よ、あなたはここでちゃんと私を待っていてくれた。冷たい冬の月じゃない。微笑《ほほえ》むような春の月になって、ちゃんと待っていてくれた。君はやさしい、春の月なんだよ。駄目《だめ》になったのは、ただひたすら私なんだ。あの人を失った私は、まるで、生けるしかばねだ。骨と肉だけのこの身一つが、ぼんやりとこの場所に居る、それだけ。

次に、若き業平《なりひら》の、まさに命がけの冒険行《ぼうけんこう》を物語る第六段を読みましょう。「芥川《あくたがわ》」の名でよく知られる物語です。

□ 月が傾《かたむ》く
moon went down
月亮西斜
달이 기울다

□ あばら屋
dilapidated hut
破房子
폐가

第六段

むかし、をとこありけり。女のえ得まじかりけるを、年を經てよばひわたりけるを、からうじて盗み出でて、いと暗きに來けり。芥川といふ河を率《ゐ》ていきければ、草の上におきたりける露を、「かれは何ぞ」となむをとこに問ひける。ゆくさき多く夜もふけにければ、鬼ある所とも知らで、神さへいといみじう鳴り、雨もいたう降りければ、あばらなる藏に、女をば奥におし入れて、をとこ、弓籙《ゆみやなぐひ》を負ひて戸口に居り。はや夜も明けなむと思ひつゝゐたりけるに、鬼はや一口に食ひてけり。「あなや」といひけれど、神鳴るさわぎにえ聞かざりけり。やう〳〵夜も明けゆくに、見れば率《ゐ》て來し女もなし。足ずりをして泣けどもかひなし。

・白玉かなにぞと人の問ひし時　露と答へて消えなましものを

（昔、男がいた。思いが叶《かな》えられそうもなかった女に何年も求婚《きゅうこん》し続け、やっとのことで盗《ぬす》み出してとても暗い夜に逃げてきた。芥川という川の側で女を連れて歩いていると、女は草に付く露《つゆ》を見て「あれは何？」と男に尋ねた。まだまだ先は長いうえに夜もすっかり更《ふ》けた。雷《かみなり》も雨もひどくなったために、鬼《おに》が住むところとも知らず、男は誰もいない倉《くら》に女を押し込んで自分は弓矢《ゆみや》を持って入り口にいた。男が早く夜が明ければいいと思っている間に、鬼は女を一口で食べてしまった。女は叫《さけ》び声をあげたものの、男には雷の音で聞こえなかったのだ。だんだん夜が明けてきたところで倉の中を見てみると、連れてきた女がいない。男は地団太踏《じだんだふ》んで泣いたがどうしようもない。「白玉かしら、

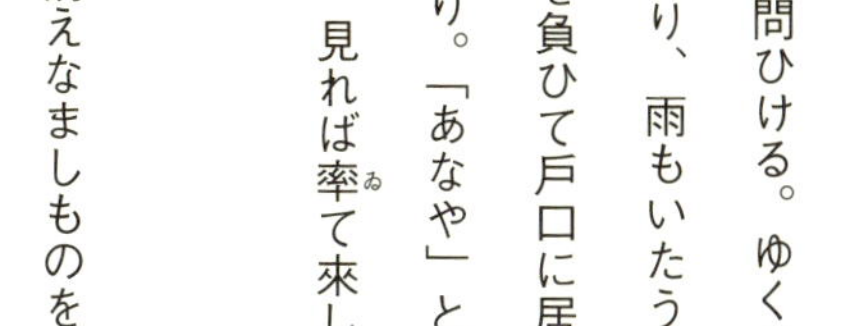

女を背負《せお》う業平《なりひら》（伊勢物語絵巻 第六段（芥川））

何かしら、と愛《いと》しい人が尋ねた時、それは露だと答えて露のように私も消えてしまったらよかったのに」）

これは、二條《にじょう》の后のいとこの女御《にょうご》の御もとに、仕うまつるやうにてゐ給へりけるを、かたちのいとめでたくおはしければ、盗みて負ひていでたりけるを、御兄人《せうと》堀河の大臣《おとゞ》、太郎國經《くにつね》の大納言、まだ下《げ》らふにて内へまゐり給ふに、いみじう泣く人あるをきゝつけて、とゞめてとりかへし給うてけり。それをかく鬼とはいふなりけり。まだいと若うて、后のたゞにおはしける時とや。

（これは、二条《にじょう》の后《きさき》（藤原高子《ふじわらのたかいこ》）が、従姉《いとこ》の女御のおそばにお仕えするような形で住んでいらっしゃったときに、その姿があまりに美しかったので、業平が高子を盗み出して、背負って連れ出したのだが、高子の兄君である堀河《ほりかわ》の大臣《だいじん》と太郎国経《くにつね》の大納言《だいなごん》が、まだ低い身分で、宮中に向かっている途中、ひどく泣く人がいるのを聞きつけて、引きとめて取り返しなさったということだ。それをこのように鬼がやったといったのだった。高子がまだ大変若く、入内《じゅだい》なさる前の時とかいうこと。）

かなり長い一段でしたが敢《あ》えて切らずに全部続けて引用しました。この説話は「白玉かなにぞと……」の歌で本来は終わっていて、それ以後の叙述《じょじゅつ》はこの事件が何でこういうことになったのか、そしてそれがどういう事実関係で解決されたのかということについての編集者による解説記事なのです。このことは、読めばすぐわかるようになっていて、『伊勢物語《いせものがたり》』が歌物語であることをよく物語ることになるので、読者にそれを体感していただきたいと思いあえて長い原文を全部引用しました。

さて、戻ってくだきながら読んでいきましょう。例の「昔男(*13)」、この男が本来自分にはちょっと無理とも思える高貴《こうき》の女性に近づくことができるようになって、月日が経ちました。そして、その女性のもとに通《かよ》って行くだけでは、もう我慢《がまん》ができなくなりました。ついに彼は彼女を盗《ぬす》み出してしまい、やっとの思いで月もない真っ暗《くら》な夜道を、彼女を背負ってやって来ました。「芥川《あくたがわ》」という川の流れに沿《そ》った道でした。草ぼうぼうの歩きにくい夜道《よみち》です。時には月が顔を出して草の夜露《よつゆ》が光るとそれを指さし、「あれは何？」などと聞く彼女です。目指す隠《かく》れ家《が》はあるのですが、彼女を背負って行く夜道は遠いのです。月がかくれてまっ暗《くら》な空になりました。雷《かみなり》は轟《とどろ》く、雨は降り出す大変な逃避行《とうひこう》となりました。そこにあばら家《や》(倉《くら》)が一軒あり、とにかく雨宿《あまやど》りと、大事な彼女を倉の奥に入れました。この男にとっても決死の覚悟《かくご》の冒険《ぼうけん》ですから、刀《かたな》はもちろん弓矢《ゆみや》まで背負って来たのです。「大丈夫《だいじょうぶ》だよ。私がここで守るからね。」と男は倉の戸口に仁王立《におうだ》ち。

暗い。暗い、暗い、この長い夜、早く明けてくれ。

雨は降る。雷は鳴る。夜は明けない。奥の彼女は大丈夫か？

いや、大丈夫どころではなかったのです。この倉、何と鬼《おに》の住む家でした。その鬼

□ 仁王立《におうだ》ち
frame oneself in the door,
draw oneself up to full height
叉腿站立
우뚝 버티어 서다

□ 轟《とどろ》く
to boom
轰鸣
울려퍼지다

□ 草ぼうぼう
covered in weeds
杂草丛生
잡초가 무성함

が、大事な大事な彼女を一口で喰《く》ってしまいました。「あなやっ。」と彼女は叫びましたが、鳴り響《ひび》く雷《かみなり》の音に消されて男の耳には入りませんでした。そんなそんなひどい夜がやっと明けました。

おおい、朝だよ。返事なし。おやっ。あっ。

彼女はもう居ませんでした。地団太踏《じだんだふ》んでも泣きわめいても、居ない人は居ないのでした。男は歌を詠《よ》みました。

・白玉かなにぞと人の問ひし時　露と答へて消えなましものを

ああ、君はいなくなってしまった、消えてしまった。消えるべきは君ではなかった。あの暗い夜道で草の露《つゆ》を指差《ゆびさ》して「あれは何？　白玉？」と君がきいたあの時に「いいや露だよ。すぐに消える露だよ。」と答えて消えたかった、この私。

四　旅する業平《なりひら》

この物語の「昔男」はとにかくよく旅をします。『伊勢物語《いせものがたり》』ですから「伊勢《いせ》(*14)」はもちろんのこと、「武蔵《むさし》(*15)」「信濃《しなの》(*16)」「陸奥《みちのく》の国(*17)」「長岡《ながおか》(*18)」「尾張《おわり》(*19)」「芦屋《あしや》(*20)」などなど、あちこちの地名が出て来ます。「河内《かわち》の国(*21)」の高安《たかやす》の郡《こおり》は「いきかよふ所」（第二十四

□ あなや
shriek
啊!
앗 (비명소리)

□ 地団太踏《じだんだふ》む
stamp one's feet with mortification
捶胸顿足
발을 동동 구르다

□ いきかよふ所
a place one frequently visits
经常往来的地方
종종 다니는 곳

段)となっていますし、「津《つ》の国(*22)」うばらの郡(第三十二段)は、相当に縁が深くなった土地のように見えます。また筑紫《ちくし》(*23)まで行った時には、「すだれのうちなる人(*24)」から「これは色好むといふすき者(*25)」と声をかけられて、歌を詠《よ》み交《か》わすなどしています。

これら各地の地名が出てくるのは、旅行記的に出てくるのではありません。いずれも、対人関係を生じさせた時に記されます。対人関係とは、もちろん女性とのつきあいの関係です。いや、正確に言うと「いずれも」とは言えません。中には、どんな理由かわからないけれども、やむにやまれぬ心の動きで旅に出てしまったのではないかと感じられる場合もあります。その最も顕著《けんちょ》なのが一般に「東下《あずまくだ》り(*26)の段」と言われる第九段の文章です。これは高等学校の国語の教科書にもよく載《の》っているので、広く知られています。この文章は「むかし、をとこありけり。そのをとこ、身をえうなき物に思ひなして、京にはあらじ、あづまの方《かた》に住むべき国求めにとて行きけり。」と出だしたあと、この物語中屈指《くっし》の長文が続きますのでそれを読んでいこうと思うのですが、この冒頭文《ぼうとうぶん》の主人公が自分の身を「えう(要)なき物(*27)」に思いなすということの心を理解することが私たちにとっても大事です。それを知るのに大変よい手がかりになることが、この段の直前に位置する第七段・第八段に続けて書き記されています。両方ともごく短い段なので、この二つにさっと目を通してしまいましょう。

□ 縁《えん》が深《ふか》い
having a deep connection
关系密切
인연 깊은

□ やむにやまれぬ
be unable to let go
难以抑制
어쩔 수 없이

□ 屈指《くっし》の
outstanding
屈指可数的
굴지의

□ 思いなす
be convinced that ～
深信
생각하다 , 믿다

第七段

むかし、をとこありけり。京にありわびて、あづまにいきけるに、伊勢、尾張のあはひの海づらを行くに、浪のいと白く立つを見て、

・いとゞしく過ぎゆく方《かた》の戀しきにうらやましくもかへる浪かなとなむよめりける。

（昔、男がいた。京にいづらくて東国《あづまのくに》に行ったときに、伊勢《いせ》の国と尾張《おわり》の国との間の海岸を歩いていると波がたいそう白く立っていた。これを見て、「東国《あづまのくに》への旅を続け、京から遠ざかるにつれて京が恋しく思われるのに、うらやましくも、もと来たところへ帰る波よ」と詠んだ。）

第八段

むかし、をとこありけり。京や住み憂《う》かりけむ、あづまの方に行きて住み所もとむとて、友とする人ひとりふたりして行きけり。信濃の國、淺間の嶽にけぶりの立つを見て、

・信濃なる淺間の嶽にたつ煙をちこち人の見やはとがめぬ

（昔、男がいた。京が住みづらかったのだろうか、東国《あずまのくに》の方へ行って住むところを探そうとし、友人一、二人と共に行った。その途中、信濃《しなの》の国の浅間山《あさまやま》に噴煙《ふんえん》がのぼるのを見て、「信濃《しなの》の国の浅間山《あさまやま》に

煙が立ち上るが、遠くの人や近くの人はこれを見て不思議に思わないだろうか。いや、思うはずだ」）

という次第です。両段《りょうだん》ともに具体的な旅立ちの理由が書いてあるわけではありません。同じように、「京の都がどうも住みにくくなって」というようなことを言っているだけのことなのです。しかし、その直前の第六段が読んだばかりの「芥川《あくたがわ》」の段です。高《こう》貴《き》な女性を決死の思いで盗《ぬす》みだし、駆《か》け落《お》ちしたまではよかったけれど、暗黒《あんこく》・降雨《こうう》・雷鳴《らいめい》・電光《でんこう》等々に脅《おびや》かされつつ、武装《ぶそう》して戸口《とぐち》に立ち、鬼《おに》やら敵やらから彼女を守り、かろうじて一夜《ひとよ》を過ごしたかと思ったのも空《むな》しく、夜が明けて見たら彼女は鬼《おに》の手に奪《うば》い去られてしまいました。ここでいう鬼とは、業平《なりひら》をうとましく思う時の権力者たちです。彼らの側からすれば業平《なりひら》はまことに厄介《やっかい》な存在で、典雅《てんが》なる都社会にはいてほしくない「慮外者《りょがいもの》」でしかありません。これが、第七段の「京にありわびて」、第八段の「京や住み憂《う》かりけむ」などの表現が生まれて来る理由です。

第七段の歌は、こうしてどうにも京都《きょうと》が住みにくい場所になってしまった業平《なりひら》が、心の奥では決して離《はな》れたくない京都《きょうと》を離れて東国《あずまのくに》（*28）へと旅をする海岸沿《ぞ》いの道筋《みちすじ》で、寄る波と引く波とを打ち眺《なが》めての感慨《かんがい》です。波は、寄せては返し寄せては返しを同じペースで繰《く》り返しますから、あの孔子《こうし》（*29）が川の水に「逝《ゆ》く者はかくの如《ごと》きか、昼夜《ちゅうや》をおかず（*30）」と嘆《なげ》いたのと同じように、去って返らぬ時の経過を感じさせます。しかし、波の

□ 虜外者《りょがいもの》
ill-bred
无礼之徒
무례한 놈

□ 典雅《てんが》なる
refined
文雅
우아한

水には、時そのものとは大いに違う特徴《とくちょう》があります。時は終わりがなく一直線であるのに対して、あの波の水は寄せても必ず帰るのですから、一方的に来てそのまま一方的に行ってしまう時の流れと、その点ではまったく違います。今の業平《なりひら》は、寄せてきた波が必ず帰る、この「帰る」ことが羨《うらや》ましくてたまりません。一方では都が住みにくくなって都を出たかった。そして出て来たのだ。あの意地悪ばかりがいる都にはいられなかった。だから出て来た。でも、こうして海岸を歩き波が寄せて来れば必ず帰る、この「帰る」のを見ているとたまらなく自分も帰りたい。出たかった自分。なのに帰りたい自分。何たる矛盾《むじゅん》だ！　精神分裂状態《せいしんぶんれつじょうたい》の業平《なりひら》が今すぐ出来る行動はといえば「とにかく旅に出る」ことしかないのです。では行く先は？　それは、はっきりしません。自分にさえはっきりしないように見え、まして他人には、さらに後世《こうせい》の私たちにはさっぱりわかりませんがとにかく西には目当《めあ》てがないと見えて、東の方へと行くのです。第七段では伊勢《いせ》・尾張《おわり》の海岸を通り、第八段では信濃《しなの》で浅間山《あさまやま》(＊31)の煙《けむり》を見ることになっていますが、帰る波を見ては、都に帰ることや美しい過去に帰ることを想うし、浅間山《あさまやま》に立ち昇る煙を見ては、己《おのれ》のうらぶれた旅人姿《すがた》が人目に立ちはしないかと恐れ嘆《なげ》くのです。

このように、しょせん都人《みやこびと》でしかない業平《なりひら》が、現実の今の京都にはどうにも安住《あんじゅう》の空間が得られないでしっかりとした当てがあるわけではないのに、腰を浮かして旅に出

□ うらぶれる
shabby, run-down
潦倒
초라한

□ 人目《ひとめ》に立《た》つ
to attract attention
引人注目
눈에 띄다

□ 精神分裂《せいしんぶんれつ》
schizophrenic
精神分裂
정신분열

てしまうのです。こういう物的条件《ぶってきじょうけん》においては甚《はなは》だあやふやなのに、心的条件においては実に必然的である東方の旅に、この歌人業平《なりひら》が後世《こうせい》の俳人《はいじん》芭蕉《ばしょう》（＊32）ならば「そぞろ神にさそはれて（＊33）」と言ったであろう、そんな旅に腰を浮かせて出てしまうその姿を、第九段のいわゆる「東下《あずまくだ》り」によって読みたどり心に描《えが》いてみることにします。

第九段

むかし、をとこありけり。そのをとこ、身をえうなき物に思ひなして、京にはあらじ、あづまの方に住むべき國求めにとて行きけり。もとより友とする人ひとりふたりしていきけり。道知れる人もなくて、まどひいきけり。三河の國、八橋《やつはし》といふ所にいたりぬ。そこを八橋といひけるは、水ゆく河の蜘蛛手《くもで》なれば、橋を八つわたせるによりてなむ八橋といひける。その澤のほとりの木の蔭に下りゐて、乾飯《かれいひ》食ひけり。その澤にかきつばたいとおもしろく咲きたり。それを見て、ある人のいはく、「かきつばたといふ五文字《いつもじ》を句の上《かみ》にすゑて、旅の心をよめ」といひければ、よめる。

（昔、男がいた。その男が、自分の身を無用のものと思い、京にはいないで、東国《あずまのくに》の方に居住できる国を求めようと思って出かけた。古くからの友人一、二人とともに行った。道を知っている人もいなく、迷いつつ歩いていった。三河《みかわ》の国の八橋《やつはし》というところに行き着いた。そこを八橋《やつはし》と言う理由は、水が八方に分かれて流れていて橋を八つ渡しているため八橋《やつはし》と言うのである。その沢のかたわらの木陰《こかげ》に馬か

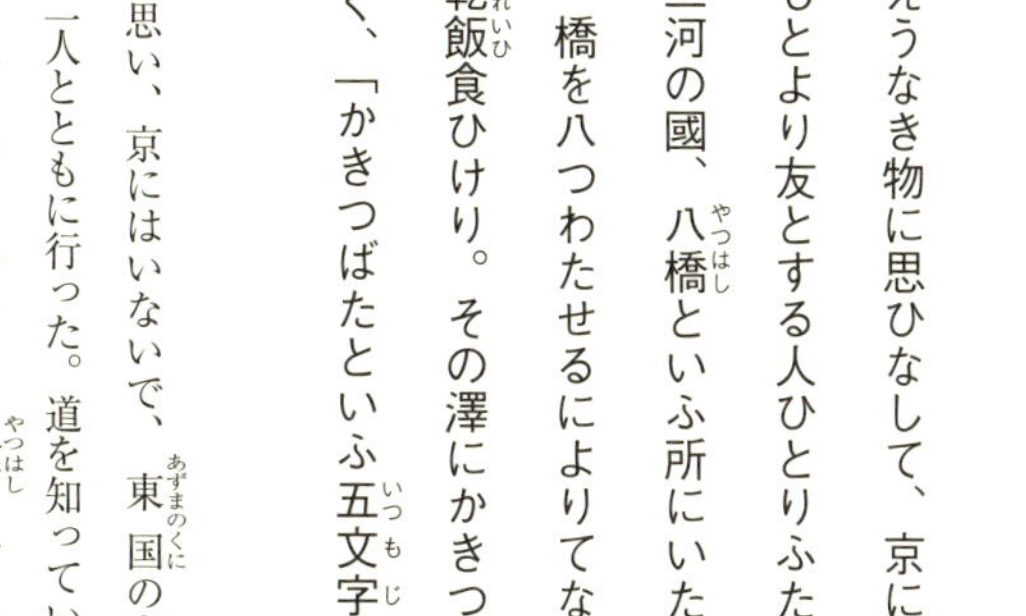

八橋《やつはし》での歌詠《うたよ》み（伊勢物語絵巻 第九段（東下り））

ら降りて座り、乾飯《かれいい》を食べた。その沢にカキツバタが趣《おもむき》ある様子で咲いている。それを見て同行者が「カキツバタという五文字を句頭において旅で思うことを詠んでください」と言ったので詠んだ。）

・から衣きつゝなれにしつましあればはる〴〵きぬる旅をしぞ思ふ。

とよめりければ、皆《みな》人、乾飯《かれいひ》のうへに涙おとしてほとびにけり。

（「唐衣は着ていると慣れる。私にはそのように慣れ親しんできた愛しい妻が京にいるので、はるばるやって来た旅をしみじみ物悲しく思う」と詠むと、人びとは皆乾飯の上に涙を流し、乾飯はふやけてしまった。）

例の通り「昔男」が、自分の身が都に居てもろくなことはないとの思いに満ち、東《あずまの》国《くに》へ行けば住める所もあるだろうとやみくもに都を出ました。こんな時の同行者なら、もとより根っから気の知れた人でなくてはならず、そんな一人、いやせいぜい二人を連れ出して出掛《でか》けました。その人たちも旅のベテランであるはずもなく、道に迷い迷いしながら連れ立《だ》って行きます。

さて、三河《みかわ》の国(*34)に到着し八橋《やつはし》という所に来ました。ほう「八橋《やつはし》」か、なるほどねえ。河の流れがいくつにも分かれているために橋が八つ架《か》かっている。それで八つ橋というわけだ。ある沢《さわ》の水辺《みずべ》に大きな樹《き》があります。それの木陰《こかげ》に腰をおろして弁当を食べながら見ると、沢辺《さわべ》にカキツバタ(*35)があり、いい頃合《ころあ》いに花が開いています。それを見て

☐ 気の知れた人
familiar, friend
非常熟悉的人
마음을 잘 아는 친한 사람

☐ やみくもに
blindly, without thinking
不管不顾
불쑥

一行《いっこう》のひとりが言いました。「どうだ、カキツバタの五文字を句の頭《かしら》に据《す》えて、旅の心を詠《よ》もうではないか。」それで、詠《よ》んだ歌。

・から衣　きつゝなれにし　つましあれば　はるぐきぬる　たびをしぞ思ふ。

とこうまとめたのです。それで皆々すっかり涙腺《るいせん》を刺激《しげき》されて涙《なみだ》を落したものだから、その涙で、乾飯《かれいい》弁当(＊36)の乾《かわ》いた飯《めし》もふやけてやわらかくなったという次第。旅は続きます。

行きくて、駿河の國にいたりぬ。宇津の山にいたりて、わが入らむとする道は、いと暗う細きに、つたかへでは茂り、もの心ぼそく、すゞろなるめを見ることと思ふに、修《す》行者あひたり。「かゝる道はいかでかいまする」といふを見れば、見し人なりけり。京に、その人の御もとにとて、文《ふみ》書きてつく。

(旅を続けて駿河《するが》の国に着いた。宇津《うつ》の山に行ってみると、これから自分が歩こうとする道はひどく暗くて細く、ツタやカエデが茂り、なんとなく心細く、つらい思いをすることだろうと思っていると き、修行者《しゅぎょうしゃ》と出会《であ》った。「どうしてこのような道をお通りになるのですか」と言うのを見ると、見たことのある人であった。京に、あの方のもとへと思って手紙を書いた。)

□ 涙腺《るいせん》を刺激《しげき》される
be moved to tears
潸然泪下
눈물샘을 자극하다

□ 句《く》の頭《かしら》に据《す》える
to place at the head/beginning
放在句首
첫머리에 두다

さて、駿河《するが》の国（＊37）に来ました。愛知県《あいち》から静岡県《しずおか》へと移ったわけです。ここに、宇津《うつ》の山という山があります。我々の行く道も山道となって、そこに押し入ろうとするわけですが、これが細くて暗い。文句なしの山道です。蔦《つた》は伸び放題でかえでは茂《しげ》りに茂ってとどまる所を知りません。そこを行く我らのまあ心細いこと。やれやれ、旅のならいとは言え情《なさけ》ない目にあうものだと心もしおれ切っているそんな時に、山伏《やまぶし》（＊38）姿の修行者があちらから声をかけてきました。

「おや、こんな道でお会いするとは、いやいやまあ、それにしても一体まあ、どのようにしてお過ごしですか？」と言うので見ると何とよく見知ったお人です。おお、それでは、ひとつ文《ふみ》をお願いしようと、都のあの人に宛てて文を書き記します。

・駿河なる宇津の山べのうつゝにも夢にも人にあはぬなりけり

（ここは駿河《するが》の宇津《うつ》の山です。宇津というのにうつつ（現実）にも、夢にもあなたにお会いすることができません。）

・富士の山を見れば、五月《さつき》のつごもりに、雪いと白う降れり

（富士山を見ると、五月の末頃なのに雪がたいそう白く降り積もっている。）

・時知らぬ山は富士の嶺《ね》いつとてか鹿の子まだらに雪の降るらむ

□ 旅のならい
an inevitability when traveling
旅途中难免会遇到的情况
여행의 관례

□ 心もしおれ切っている
to lose one's spirit
气力耗尽
풀이 죽은

□ 蔦《つた》
ivy
爬山虎
덩굴

□ かえで
maple
枫树
단풍나무

(時節をわきまえない富士山だなあ。今がいつだと思って鹿の子の背中の白い斑紋のように雪が降るのだろうか。)

その山は、こゝにたとへば、比叡《ひえ》の山を二十《はたち》ばかり重ねあげたらむほどして、なりは鹽尻のやうになむありける。なほ行き〳〵て、武蔵の國と下つ總の國との中に、いと大きなる河あり。それをすみだ河といふ。その河のほとりにむれゐて思ひやれば、限りなく遠くも來にけるかなとわびあへるに、渡守、「はや舟に乘れ、日も暮れぬ」といふに、乘りて渡らむとするに、皆《みな》人ものわびしくて、京に思ふ人なきにしもあらず。さる折しも、白き鳥の嘴《はし》と脚と赤き、鴫の大きさなる、水のうへに遊びつゝ魚《いを》をくふ。京には見えぬ鳥なれば、皆《みな》人見知らず。渡守に問ひければ、「これなむ都鳥」といふをきゝて、

・名にし負はばいざこととはむ都鳥わが思ふ人はありやなしやと

とよめりければ、舟こぞりて泣きにけり。

(その山はこの京で例えれば比叡山《ひえいざん》を二〇ほど積《つ》み上げたような高さで、その姿は塩尻《しおじり》のようであった。さらに旅を続けると、武蔵《むさし》の国と下総《しもうさ》の国との間にたいそう大きな川がある。それを隅田川《すみだがわ》と言う。その川の側に集まり座って京に思いを馳《は》せると、果てしなく遠くに来てしまったなという気持ちで悲しみ合っていた。そこに、渡《わた》しの船頭《せんどう》が「早く船に乗れ、日が暮れてしまう」と言うので乗って渡ろうとするが、人々は何となくつらい思いがする。京に愛人がいないわけではない。その姿が心に

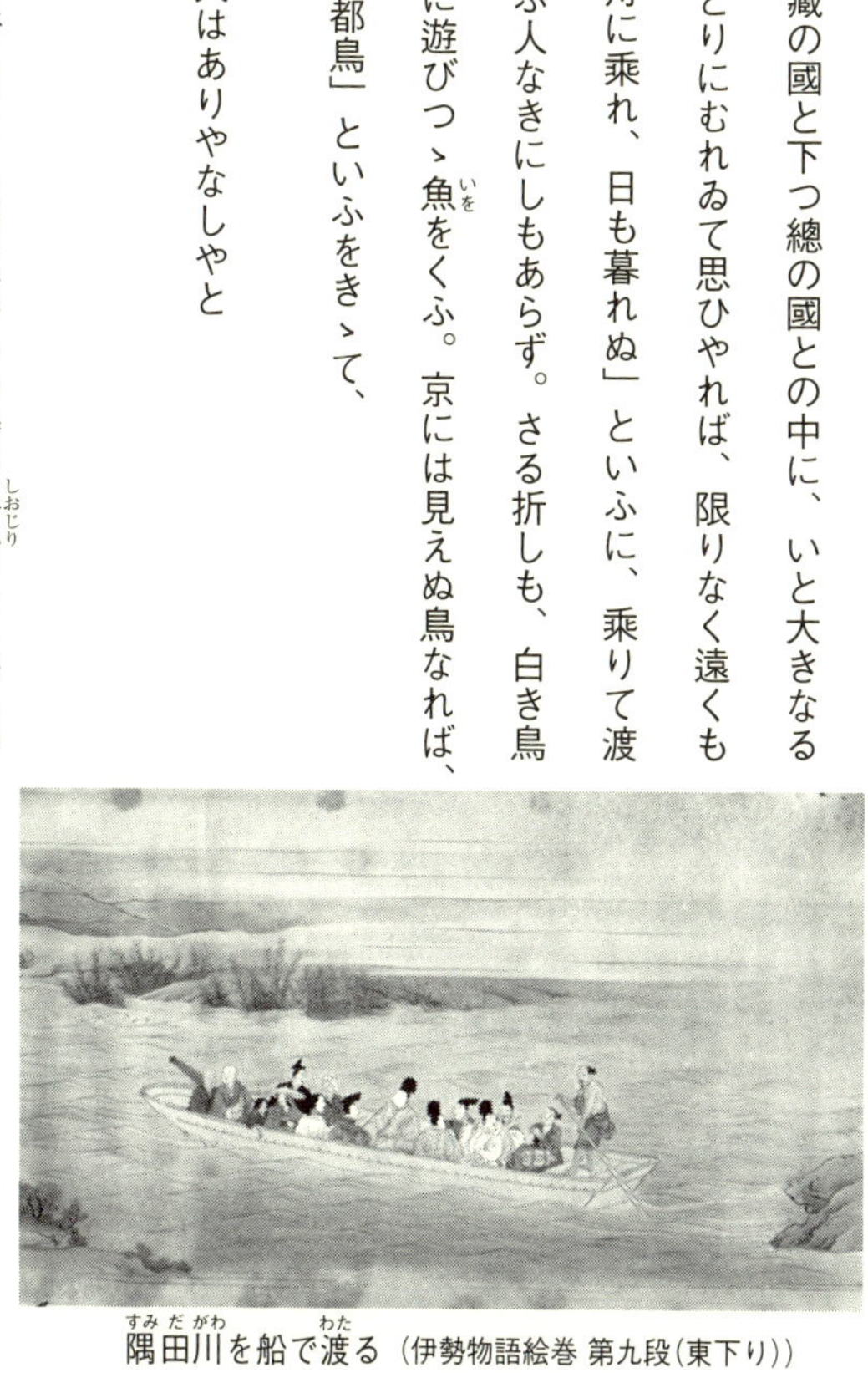

隅田川《すみだがわ》を船で渡《わた》る（伊勢物語絵巻 第九段(東下り)）

浮かぶまさにその時に、白い鳥で、くちばしと脚が赤い、シギほどの大きさがある鳥が水上で遊びながら魚を食べている。京では見られない鳥だったのでその鳥を誰も知らない。船頭《せんどう》に尋《たず》ねると、「これは都鳥《みやこどり》だ」と言う。これを聞き、「都ということばを名に持っているならば、都のこともよく知っているだろうから、さあ、尋ねてみよう都鳥よ。私の思う人は無事でいるのか。」と詠《よ》んだところ、船に乗る人は皆涙を流した。）

さて、ここから先は、もう訳文的《やくぶんてき》でなく評論的《ひょうろんてき》に拾ってコメントしながら進むことにします。一行が富士《ふじ》を見ながらその麓《ふもと》を通過した時には、この山について三つのことに驚《おどろ》いています。

（1）夏を迎えた五月の末に、この山の上部ではまだまだ雪が降っていること。

（2）この山の高さといったら、比叡山《ひえいざん》（＊39）の二十倍もありそうであること。

（3）山形《さんけい》の整《ととの》いが見事で、完全なすり鉢《ばち》かぶせ型（＊40）であること。

見た目の生活的直感で、おのぼりさんならぬおくだりさん（＊41）の物珍《ものめずら》しさを自分に身近なもので言い表すこの人の用語が実に面白いです。だからこの文章は誰《だれ》が読んでも面白いのです。

いよいよ東国《あずまのくに》に到着し、隅田川《すみだがわ》（＊42）のほとりに来たときの、この根っからの都人《みやこびと》の感想は、それはさぞや真に感慨《かんがい》深いものだったろうなと、根っからの東京者《もの》である筆者

□ 根《ね》っからの
out-and-out ～
纯正的
천성적인

□ 都人《みやこびと》
city dweller
城里人
도시인

□ おのぼりさん
country hick
乡下人
도시로 올라온 시골사람

は実に非常な共感を持ってこの段の叙述《じょじゅつ》を受け取るのです。私は東京の浅草が大好きで、この川にかかる「業平橋《なりひらばし》」という橋がその名のゆえにまた大好きです。都鳥《みやこどり》(＊43)を見て、その鳥の名を聞いて、二重に大きな感慨《かんがい》に浸《ひた》るこの文章は実に素直《すなお》で分かりやすく、何の解説も要《よう》しません。「舟こぞりて泣きにけり」は、大げさでも何でもないまことに真実の情景《じょうけい》を描《えが》き出しています。「東下《あずまくだ》り」の第九段、これで読み終りました。

五　男の友情 ――惟喬親王《これたかしんのう》と業平《なりひら》

次に読むのは第八十二段《だん》と第八十三段です。両段同じく惟喬親王《これたかしんのう》(＊44)と業平《なりひら》との親密な心の通い合いを描くものですが、この惟喬親王《これたかしんのう》とはどういう人だったのでしょうか。平《へい》安朝《あんちょう》の天皇は、先にも言及しましたがもう一度示すと、

50桓武《かんむ》 ― 51平城《へいじょう》 ― 52嵯峨《さが》 ― 53淳和《じゅんな》 ― 54仁明《にんみょう》 ― 55文徳《もんとく》

と続き文徳天皇《もんとくてんのう》が若くして亡《な》くなりました。そのあとを受けた清和天皇《せいわてんのう》は、藤原氏《ふじわらし》(＊45)の力で弱年《じゃくねん》ながら即位《そくい》しました。もっと年長の惟喬親王《これたかしんのう》が第一候補としてしっかり存在したにも関わらず、この親王の母が古代豪族《こだいごうぞく》で藤原氏一族ではなかったために、その圧力に負けたわけです。この現実の中で惟喬親王《これたかしんのう》、面白いはずがありません。今日流《こんにちりゅう》に言えば、「鬱《うつ》」の人となって、京の地を離《はな》れます。この親王の最も心を許した友が、在《あり》

□ 鬱《うつ》の人
person suffering from depression (utsu)
抑郁症患者
우울증 환자

原業平《わらなりひら》でした。二人の心の交流を語る第八十二段、第八十三段を読みましょう。

第八十二段

むかし、惟喬の親王《みこ》と申す親王《みこ》おはしましけり。山崎のあなたに、水無瀬《みなせ》といふ所に宮ありけり。年ごとのさくらの花ざかりには、その宮へなむおはしましける。その時、右の馬の頭《かみ》なりける人を、常に率《ゐ》ておはしましけり。時世へて久しくなりにければ、その人の名忘れにけり。狩はねむごろにもせで、酒をのみ飲みつゝ、やまと歌にかゝれりけり。いま狩する交野《かたの》の渚《なぎさ》の家、その院の櫻ことにおもしろし。その木のもとにおりゐて、枝を折りてかざしにさして、上中下《かみなかしも》みな歌よみけり。馬の頭《かみ》なりける人のよめる。

・世の中にたえて櫻のなかりせば春の心はのどけからまし

となむよみたりける。

（昔、惟高《これたか》の親王《みこ》という親王がいらっしゃった。山崎の向こうの水無瀬《みなせ》というところに離宮《りきゅう》があった。毎年桜の盛《さか》りの頃にその離宮へおいでになった。その時、右の馬の頭《かみ》であった人をいつも連れておいでになった。今ではだいぶ時がたったので、その人の名前は忘れてしまった。狩《か》りは熱心にしないで、酒ばかり飲んでは和歌を詠むことに熱中していた。いま鷹狩りをする交野《かたの》の渚《なぎさ》の家、その院の桜がとりわけ美しい。その桜の木の下で馬から降りて座り、枝を折って髪の飾りとし、身分が上の人、中の人、下の人が皆歌を詠んだ。馬の頭だった人が詠んだ。「もし世の中にまったく桜がなかったとし

桜《さくら》の下での歌詠《うたよ》み（伊勢物語絵巻 第八十二段（渚の院））

たら、春の人々の心はおだやかであることだろうよ」）

又人の歌、

・散ればこそいとゞ櫻はめでたけれうき世になにか久しかるべき

とて、その木のもとは立ちてかへるに、日ぐれになりぬ。御供なる人、酒をもたせて野より出で來たり。この酒を飲みてむとて、よき所を求めゆくに、天《あま》の河といふ所にいたりぬ。親王《みこ》に馬の頭《かみ》、大御酒《おほみき》まゐる。親王《みこ》ののたまひける。「交野《かたの》を狩りて、天《あま》の河のほとりに至るを題にて、歌よみて杯はさせ」とのたまうければ、かの馬の頭《かみ》よみて奉りける。

・狩り暮らしたなばたつめに宿からむ天《あま》の河原に我は來にけり

（「散るからこそいっそう桜はすばらしいのだ。このつらい世の中に、永遠のものがあるだろうか、いや、永遠のものは何もないだろう」と詠んでその木の下から立って帰るうちに日が暮れた。お供の人が酒を持たせて野からやって来た。この酒を飲もうと言って、宴会をするのに良い場所を探していくうちに、天《あま》の河《がわ》というところに行き着いた。親王《みこ》に馬の頭《かみ》が酒を勧める。親王が「交野で狩りをして天の河のほとりに到着する、ということについて歌を詠んでから酒を注げ」とおっしゃったので、例の馬の頭は歌を詠んで差し上げた。「一日中狩りをして過ごして、織女星《おりひめぼし》に宿を借りよう。天の河原に私は来たのだよ」）

「山崎《やまざき》」という地名が出て来ました。これは、第二章の『信貴山縁起《しぎさんえんぎ》』の話に「飛《と》び倉《ぐら》」の持ち主として「山崎《やまざき》の長者《ちょうじゃ》」という人が出て来た、あの「山崎」です。山崎が京の都からは離《はな》れた場所であることがこれでわかるでしょう。親王のお供をした「右の馬の頭《かみ》」これが業平《なりひら》その人です。「その人の名忘れにけり」と言って、わざわざぼかす所が慎《つつし》みのような、いたずらのような「隠者《いんじゃ》めいた自己韜晦《じことうかい》」の物言《ものい》いです。

この行事「狩《か》り」とは名ばかりで、お花見をして酒を飲むのが目的です。主従《しゅじゅう》二人とも時を得ていない人たちですから、ふつうの花見客のような「飲めや歌え」の騒《さわ》ぎは決してしません。もとより極度に上流社会の人たちですから、楽しみの中心は歌に心を吐《は》き出すこと、その心を引き立てるのに酒が必要であり、酒を楽しむ環境《かんきょう》に桜花爛漫《おうからんまん》が必要なのでした。その意味ではこれは大変に重みのある花見です。

・狩はねむごろにもせで、酒をのみ飲みつゝ、やまと歌にかゝれりけり

(狩りは熱心にしないで、酒ばかり飲んでは和歌を詠むことに熱中していた)

と記すのは何とも懇切《こんせつ》な叙述《じょじゅつ》。この人たちの行動の意味が大変によくわかるではありませんか。こういう所に歌人業平《なりひら》という人の正直一途《いちず》で男らしい人柄《ひとがら》が出ています。彼は決してやさ男などではありません。歌発表の一番手はもちろん業平《なりひら》がつとめます。「こ

□ 桜花爛漫《おうからんまん》
riot of cherry blossoms
樱花烂漫
벚꽃만발

□ 時を得《え》ていない
to not follow the trends
不跟潮流
시류에 편승하지 않은

□ 隠者《いんじゃ》めいた
hermit-like
隐者般的
은둔자 같은

□ 自己韜晦《じことうかい》
conceal oneself
韬光养晦
자기도회 ,
자신의 재능이나 지위
등을 숨기어 감춤

の世の中に桜なるものが無かったら、春も、どんなにかのんびりしていられようものを」などと言って、「こういう作歌発表の一番手は、まず私のところに来るに決まっています。とても、のんびり酒も飲んではいられませんよ。」というような、いたずらっぽい心まで表した見事な歌です。

それにしても、この桜狩《さくらが》りは、一箇所にむしろを敷《し》いてどっかと（＊46）腰をおろし、飲めや歌えと騒《さわ》ぐ今日《こんにち》の都会での花見とは大いに違って、ずいぶん広い範囲の地域を移動しながらまさに「狩り」をして楽しむ、行動的でスポーティーな行事であるようです。交《かた》野《の》（＊47）の渚《なぎさ》の家（＊48）に始まり、移動して「天《あま》の河（＊49）」に来てまた盛り上がろうというのですから。では、読む私たちもいちいち立ち止まらないで、さっさと原文を読み進みましょう。

親王《みこ》、歌を返々《かえすがえす》誦《ず》じたまうて、返しえし給はず。紀《き》の有常《ありつね》御ともにつかうまつれり。それが返し、

・一年《ひとゝせ》にひとたび来ます君まてば宿かす人もあらじとぞ思ふ

帰りて宮に入らせ給ひぬ。夜ふくるまで酒飲み物語して、あるじの親王《みこ》、酔ひて入り給ひ

□ 桜狩《さくらが》り
cherry-blossom viewing
赏樱花
벚꽃놀이

□ むしろ
a straw mat
席子
멍석，자리

□ やさ男
weakly man
懦弱的男人
나약한 남자

なむとす。十一日の月もかくれなむとすれば、かの馬の頭《かみ》のよめる。

・あかなくにまだきも月のかくるゝか山の端にげて入れずもあらなむ

親王《みこ》にかはりたてまつりて、紀の有常、

・おしなべて峯もたひらになりななむ山の端なくは月も入らじを

（親王《みこ》は歌を繰り返し朗読し、返しの歌がいっこうにできない。すると、紀有常《きのありつね》がお供に控えていたのだが、その有常が返し歌を詠んだ。

「織姫《おりひめ》は一年に一度いらっしゃるお方（彦星《ひこぼし》）を待っているので、宿《やど》を貸す人はいないだろうと思うよ」

親王は水無瀬《みなせ》にお帰りになって離宮《りきゅう》にお入りになった。夜が更《ふ》けるまで酒を飲んで話をし、主人である親王は寝床《ねどこ》につこうとなさった。十一日の月が山の向こうに入りそうになったとき、例の馬の頭が歌を詠《よ》んだ。

「もっと眺《なが》めていたいのに、もう月が隠《かく》れてしまうのか。山の端《はし》が逃げ去って、月を入れないようにでもしてほしいものだ」

親王にかわり、紀有常《きのありつね》が歌を詠んだ。

「どの峰も平らになってほしいものだよ。山の端《はし》がなくなれば、月も入らないだろうになあ」）


人生を心から楽しむことがもう無くなってしまった惟喬親王《これたかしんのう》。その人の心を余りによく知るが故に、無理になぐさめようなどとは決してせず、静かに調子を合わせて、なめらかに歌のやり取りをする、業平《なりひら》と紀有常《きのありつね》（＊50）。この有常《ありつね》は、業平《なりひら》の妻の父親に当たる人です。真に互いの心を理解し合える三人です。「天の河」という所に来たから「たなばたつ女《め》（＊51）」と、年に一度そこに来る男子とを歌にする。親王が眠くなって家に入ろうとすると、親王にではなく月に向かって「まだ山に入るのは早いですよ。」と言う、その心を「山の峰《みね》よ、平らになって月の入《い》りを遅くしなさい。」などと歌に詠む。こんな他《た》愛《あい》もない歌のやり取りをしつつ酒をくみ交《か》わすのです。「月」と「心」と「酒」と「歌」。哀切《あいせつ》にして平穏《へいおん》な美の世界です。こういう時に酒が無くてはなりません。それは、酒の飲める人なら誰にでも理解できます。そして、酒は、いつでもどこでも誰でも用意できますが、歌には歌の心と作歌《さっか》の技術とが必要です。

　業平《なりひら》が歌の人だということは誰でも知っているのですが、この時のこの歌などを見ると、その作歌技術が古来《こらい》の歌を沢山《たくさん》知っていて、歌ことばのあれこれを自由自在に組み合わせて作るというようないかにも技巧的《ぎこうてき》な技術ではありません。真に心に発し「ああ親王様、まだお休みになるのは早いですよ。もっと月を見ながら飲みましょうや」ということを言いたいと思うと、そんな時ある歌のことばの流れが浮かびました。例えば『後撰和歌集《ごせんわかしゅう》（＊52）』巻十七のラストにあります。

□ 心に発し
to speak from the heart
发自内心
마음으로부터 우러나

・おしなべて峯もたひらになりななん
山のはなくは月もかくれじ　上野峯雄
（どの峰も平らになってほしいものだよ。山の端がなければ月も隠れないだろう。）

という歌などがさっと心に浮かんだのでしょう。そして業平《なりひら》は普通の歌人貴族《きぞく》よりはずっと能動的《のうどうてき》・行動的な人ですから、これを、

（我、月に言う）月よ、もう隠《かく》れるのか？

（月、答える）だって、そこに山があるから。

（我言う）よし、私が山に言おう。

「山の端《はし》よ、ちょっと立ちのいて、月に道をあけてあげておくれ。よし。この線で行こう。歌作り開始！」と、こんな体ならし運動に変えて、現実の日本語五七五七七《ごしちごしちしち》（＊53）並べを始めるのでしょう。それでこの際は、

・あかなくにまだきも月のかくるゝか山の端にげて入れずもあらなむ
（もっと眺めていたいのに、もう月が隠《かく》れてしまうのか。山の端《はし》が逃げ去って、月を入れないようにでもしてほしいものだ。）

という歌が出来ました。そして紀有常《きのありつね》の方は、これも歌のことはよく知っている才能の

持ち主ですから、今、業平《なりひら》が心に呼び出したであろう『後撰和歌集《ごせんわかしゅう》』のその歌を彼も想い呼び出して、こちらは謹《つつ》ましくそのままいただき、わずかにラストの一句を「月も隠れじ」から「月も入らじを」と変えてそこに提出しました。いや、この有常の技術も大《たい》したものです。この「隠れじ」を「入らじを」としたことで、山のかげに入って行く月の行動を月自身が判断して「いやまだ早いから、山かげに入らないでおこう。もっとここでがんばろう。」と意図する能動的《のうどうてき》な行動に変えたのですから、これは我らの親王様に大いに能動性を付与する結果となり、親王への呼びかけとしてとても効果的な表現となったわけです。いや、有常《ありつね》、立派なものです。そこに注意して『後撰和歌集《ごせんわかしゅう》』の原歌《げんか》と有常《ありつね》の修正歌《しゅうせいか》とを引き比べて見ました。

さて、こうして書いているこの稿の紙数も残りが少なくなりました。次の第八十三段はなるべく要点をとらえ、筆者の考えで述べていくことにします。

このような惟喬親王《これたかしんのう》と業平《なりひら》との、狩りと酒と歌を媒介とする心の触れ合いが音もなく続いていたある日、親王が髪をおろして仏門《ぶつもん》に入《はい》られたということが業平《なりひら》の耳に入りました。心は通じ合っていてもそこまでとは予期していなかった業平《なりひら》に、これは大きなショックでしたが、業平《なりひら》といえども宮仕《みやづか》えの身ですからこう聞いてすぐに駆《か》けつけるというわけにもいかず何やかやするうちに年を越したので、それを期に、比叡山《ひえいざん》の麓《ふもと》に

□ 何やかや
this or that
这个那个
이래저래

□ 髪をおろし
to cut one's hair
剃发
삭발하고

□ 音もなく
be unheard of
杳无音讯
소리없이

□ 仏門《ぶつもん》に入《はい》る
to renounce the world and become a priest
出家
불문에 들어가다

ある小野の庵室《あんしつ》（＊54）に親王をお訪ねしました。雪も降《ふ》り積《つ》もって寒い日でした。

第八十三段

しひて御室《みむろ》にまうでてをがみたてまつるに、つれ〴〵といとものがなしくておはしましければ、やゝ久しくさぶらひて、いにしへのことなど思ひ出で聞えけり。さても侍ひてしがなと思へど、公事《おほやけごと》どもありければ、え侍はで、夕暮にかへるとて、

・忘れては夢かとぞ思ふ思ひきや、雪ふみわけて君を見むとは

とてなむ泣く〳〵来にける。

（なんとかご庵室《あんしつ》に参上《さんじょう》してお会いすると、親王《しんのう》は呆然《ぼうぜん》として悲しげな様子でいらっしゃったので、少々長くお側におり、昔のことなどを思い出してお話し申し上げた。そのままお側にいたいと思ったが、朝廷の務めなどがあるためお側に控えていることもできず、夕暮れに帰ろうとして、「つい忘れては夢であるかと思います。いままで思ったことがあるでしょうか、こんな深い雪を踏《ふ》みわけて寂《さみ》しいご様子の親王《しんのう》を拝見《はいけん》しようとは」と言って泣きながら帰ってきた。）

これは実に自然な文章でどこにも作り設《もう》けがありません（＊55）から、誰が読んでもよくわかります。文頭の「しひて」は「強《し》いて」です。今回の訪問は、決して呼ばれて来たの

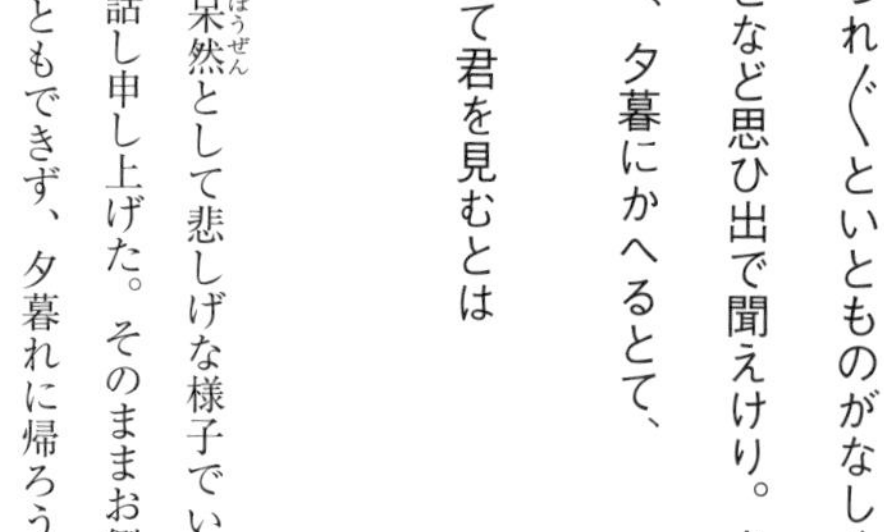

業平《なりひら》、親王《しんのう》を訪ねる（伊勢物語絵巻 第八十三段）

ではない、毎日の生活が結構忙しくて「行こう」「行きたい」と思いながら、なかなか日が取れないでいた毎日の中からどうにか日程を作り、当方から親王《しんのう》の静寂《せいじゃく》を破《やぶ》って敢《あ》えて推参《すいさん》した訪問なのだという気持ちが、この「強いて」にとてもよく出ているのです。

　そういうこの訪問ですから、二人とも会いたくてたまらない触れ合いであり対面であるのですが、実際に顔を合わせてみれば、万感胸《ばんかんむね》にせまりべらべら(*56)と言葉など出て来るものではない、そういう二人の貴重《きちょう》な対面なのです。親王の方からは、涙は出ても言葉はなかなか出て来ないでしょう。業平《なりひら》の方からも安価《あんか》な慰《なぐさ》めの言葉など決して口にするはずはありません。それとない、何でもない、あの日のこと、この日のことなどぼそりぼそりと話題に出して、切れ目の多い会話を心でつないでいる二人でした。

　何を語ってもみな遠い昔のことのよう。思い出して言ってみても、本当はそんなことはなかったのだ。夢に見たことがあった、その断片を今思い出して言葉にしてみただけなんだ。いや、人間の体験とはみんなそんなものなのかも知れない。ただ一つ確かなのは、今日、積もる雪を踏《ふ》み分けて親王《しんのう》をお訪ねして何がしかそぞろな時を過ごして来た、それだけが、今の現実だ。そんな想いをやっと歌にまとめたのは庵室《あんしつ》を辞《じ》して帰る道でのことでした。

□ 推参《すいさん》する
to pay a visit
造访
찾아뵙다

□ 万感胸《ばんかんむね》にせまる
be overwhelmed by a flood of emotions
百感交集
만감이 가슴에 복받치다

□ 口にする
to speak
说
말하다

□ 辞《じ》する
to say farewell
告辞
물러나다

六　母の愛

『伊勢物語《いせものがたり》』は男と女の愛のことばかりを語っている物語では決してありません。ここに広がる愛の世界はもっとずっと広いのです。その大いなる例として惟喬親王《これたかしんのう》と業平《なりひら》をつなぐ男の友情のあり方を第八十二、八十三の両段に見ました。

続く第八十四段は、今度は母親と息子との間の実に普通で何でもないと言えば何でもない情愛物語です。物語と言っても何もストーリーらしいストーリーがある訳ではない、ただそこに歌があるだけという話。なのにそこに味があります。その味は、やはり原文を読まないとわかりません。そして読めばわかります。

第八十四段

むかし、をとこありけり。身はいやしながら、母なむ宮なりける。その母、長岡といふ所に住み給ひけり。子は京に宮づかへしければ、まうづとしけれど、しば〳〵えまうでず。ひとつ子にさへありければ、いとかなしうし給ひけり。さるに、十二月《しはす》ばかりに、とみのこととて御文《ふみ》あり。おどろきて見れば、歌あり。

・老いぬればさらぬ別れのありといへばいよ〳〵見まくほしき君かな

かの子、いたうち泣きてよめる。

・世の中にさらぬ別れのなくもがな千代もといのる人の子のため

（昔、男がいた。低い身分ながら母は皇族《こうぞく》であった。その母は長岡《ながおか》というところに住んでいらっしゃった。子どもは京の宮廷にお仕えしていたので母のもとに参上しようとしていたのだが、そう頻《ひん》繁《ぱん》には参上できなかった。ただひとりの子であったこともあり、母はたいそうかわいがった。そうした折、十二月頃に至急《しきゅう》のことといって母から子に手紙が届く。驚《おどろ》いて見てみると歌が書いてある。「老いていくと、避《さ》けることのできない（死別の）別れがありますが、よりいっそうあなたに会いたくなったことですよ」男はとても悲しく涙しながら歌を詠んだ。「世の中には死の別れがなければよいのにと思います。親に千年も生きてほしいと思う子どものために」）

「親一人《ひとり》、子一人《ひとり》」の親子です。そしてそれが母親と息子なら、もう、その結びつきは純粋《じゅんすい》で強固《きょうこ》であるに違いありません。でもその子にも、宮仕《みやづか》えがあります。心に思う親孝行《おやこうこう》のあれこれも、その実行はなかなか思うに任せません。

母親の「わが子見たさ」は、加速度的に募ります。師走《しわす》、多忙絶頂《たぼうぜっちょう》の時。その時、大至急《だいしきゅう》の特急便が母から子に届きました。子、ドキッとして開けて見れば、

もうもうもう（＊57）、あなたに会いたくて、消え入り（＊58）そうな私です。

会いたい。会いたい。今すぐ会いたいです。あなたの顔が見たいです。

□思《おも》うに任《まか》せない
to not go as planned
难以如愿
뜻대로 되지 않다

それだけです。　かしこ。

どっと涙する息子。母御《ははご》よ「消え入る」などと滅相《めっそう》もないことおっしゃいますな。生死の別れなんて、そんなものを神さま。この世から無くして下さい。「千代も八千代も生きていて下さい、お母様！」と祈るこの私《わたくし》のために。

七　辞世《じせい》の歌

筆者、この稿《こう》をここまで書いて来て、在原業平《ありわらのなりひら》という人の人物像が、これまでとは、すっかり違ってしまいました。この人は、実直《じっちょく》で馬鹿正直《ばかしょうじき》で不器用《ぶきよう》で孔子《こうし》が論語《ろんご》で言った「巧言令色鮮し《こうげんれいしょくすくな》仁《じん》(＊59)。」また「剛毅木訥《ごうきぼくとつ》仁に近し(＊60)。」というのがまさにぴったりなんです。『伊勢物語《いせものがたり》』は嘘《うそ》がつけず妥協《だきょう》を知らないどうしようもない堅物《かたぶつ》が、彼自身の人性《じんせい》に応《おう》じ、人を愛して生きようとする生命《いのち》の流れに従《したが》ってひたすらに忠実《ちゅうじつ》に生きた、その一生を歌と散文とで記録した貴重《きちょう》な実録《じつろく》物語であると私は思います。

その業平《なりひら》の、最晩年の歌を二つ。

第百二十四段

むかし、をとこ、いかなりける事を思ひける折にかよめる。

□ 滅相《めっそう》もない
terrible
没影儿的
당치도 않다

□ 千代《ちよ》も八千代《やちよ》も
forever
千秋万代
영원무궁하게

□ 馬鹿正直《ばかしょうじき》
honest to a fault
过于正直
고지식한

□ 人性《じんせい》
human nature
人性
인성

・思ふことといはでぞたゞにやみぬべき我とひとしき人しなければ

（昔、男がどんなことを思った時にか歌を詠んだ。「心に思っている事は言わずにそのままにしておこう。私と同じ気持ちの人はいないのだから」）

例の「昔男」がある日、ため息とともに言った。もちろん歌で。それをくだいて言えばこんなこと。

心の中に渦巻《うずま》く思い、その思いを思いのままに言う…。それはできる。やればできる。でも言わない。もう言わないのだ。じっと堪《こ》らえてここで止《や》めるのだ。言って、それが分かるのは、心が私と同じにできている人間だけ。でも、そんな人間は居ないのだ。居ない、居ないとつくづく判《わか》ったのだよ。何があっての「つくづく」だったかは忘れた。もう覚えていない。思い出さなくていいんだよ、そんなこと。

第百二十五段（最終章）

むかし、をとこ、わづらひて、心地死ぬべくおぼえければ、

・つひにゆく道とはかねてきゝしかどきのふ今日《けふ》とは思はざりしを

（昔、男が病気になって死にそうな気持ちになったので、「誰しもが最後に通る道とは聞いていたが、まさかそれが自分の身に、間近に差し迫ったものだとは思いもしなかった」）

この辞世《じせい》の歌。達観《たっかん》して大往生《だいおうじょう》を遂《と》げようとする人の「悟《さと》った」感じのことばでないのが実に「うれしい」というか、「親しめる」と言うか、よくもこう素直に言えたものだと、つくづく感心して改めてこの在原業平《ありわらのなりひら》が好きになります。こうして、業平は亡《な》くなりました。五十六歳でした。

やっぱり来てしまったんだなあ、今日の日が。

さようなら。

それだけ言って。終わり。

■引用文献■　**※ルビを含む表記は引用文献にしたがった。**

『伊勢物語』:『伊勢物語』大津有一(校注)(1964)　岩波文庫

『後撰和歌集』:『後撰和歌集』工藤重矩(校注)(1992)　和泉書院

■注■

(＊1)**平安時代《へいあんじだい》**:七九四年から一一九二年までで、京都《きょうと》に都《みやこ》があった時代《じだい》。この時代に国風文化《こくふうぶんか》(日《に》本風文化《ほんふうぶんか》)が発展《はってん》し、「ひらがな」「カタカナ」が創《つく》られ、『源氏物語《げんじものがたり》』などの物語文学《ものがたりぶんがく》も生《う》み出《だ》された。

(＊2)**在原業平《ありわらのなりひら》**:天皇家《てんのうけ》の血筋《ちすじ》を引く平安時代初期《へいあんじだいしょき》の貴族《きぞく》・歌人《かじん》(825-880)。

（＊3）**伊勢物語《いせものがたり》**：平安時代中期《へいあんじだいちゅうき》に作《つく》られた歌物語《うたものがたり》。作者未詳《さくしゃみしょう》。在原業平《ありわらのなりひら》を思わせる男を主人公《しゅじんこう》とした和歌《わか》にまつわる短編歌物語集《たんぺんうたものがたりしゅう》。

（＊4）**つくり物語**：民間伝承《みんかんでんしょう》などから発展《はってん》した創作色《そうさくしょく》の強《つよ》い物語《ものがたり》。

（＊5）**案《あん》ずるより生むが易《やす》し**：「実際《じっさい》にやってみると、心配《しんぱい》したほど難《むずか》しくない」という意味《いみ》のことわざ。

（＊6）**今上天皇《きんじょうてんのう》**：現在《げんざい》あるいはその当時《とうじ》に在位《ざいい》している天皇《てんのう》のこと。

（＊7）**桓武天皇《かんむてんのう》**：第五〇代天皇《だいてんのう》。在位《ざいい》は七八一年から八〇六年。

（＊8）**皇統《こうとう》**：ここでは、皇位《こうい》を継承《けいしょう》していった天皇《てんのう》の血筋《ちすじ》・血統《けっとう》。

（＊9）**平城天皇《へいじょうてんのう》**：第五一代天皇《てんのう》。在位《ざいい》は八〇六年から八〇九年。

（＊10）**古今和歌集《こきんわかしゅう》**：日本で初めて、天皇《てんのう》の命令《めいれい》で作られた和歌《わか》を集《あつ》めた本。約一一〇〇首《しゅ》の和歌《わか》が収録《しゅうろく》されている。九一〇年前後に成立《せいりつ》したとされる。全二十巻《かん》。

（＊11）**板敷《いたじ》きの縁側《えんがわ》**：木の板《いた》でできている、家の部屋《へや》の外側部分《そとがわぶぶん》につくられた細長《ほそなが》い部分《ぶぶん》。外から縁側《えんがわ》を通って、直接部屋《ちょくせつへや》の中へ入ることができる。

（＊12）**生《い》けるしかばね**：体《からだ》は生《い》きているが、精神的《せいしんてき》には死《し》んでいるのと同《おな》じような状態《じょうたい》の人。「しかばね」は死体《したい》のこと。

（＊13）**昔男《むかしおとこ》**：『伊勢物語《いせものがたり》』の多くの段《だん》が「むかし、をとこありけり」で始まっていることから、主人公《しゅじんこう》、在原業平《ありわらのなりひら》を指《さ》す。

（＊14）**伊勢《いせ》**：現在《げんざい》の三重県東部《みえけんとうぶ》のあたり。

（＊15）**武蔵《むさし》**：現在の東京都《とうきょうと》、埼玉県《さいたまけん》、神奈川県《かながわけん》のあたり。

(＊16) **信濃《しなの》**：現在の長野県《ながのけん》のあたり。

(＊17) **陸奥《みちのく》の国《くに》**：現在の青森県《あおもりけん》、岩手県《いわてけん》、宮城県《みやぎけん》、福島県《ふくしまけん》、秋田県《あきたけん》のあたり。

(＊18) **長岡《ながおか》**：現在の京都府《きょうとふ》長岡市《ながおかし》のあたり。平安京《へいあんきょう》の前の都《みやこ》(長岡京《ながおかきょう》)があった場所《ばしょ》。

(＊19) **尾張《おわり》**：現在の愛知県《あいちけん》西部《せいぶ》のあたり。

(＊20) **芦屋《あしや》**：現在の兵庫県《ひょうごけん》西宮市《にしのみやし》西部《せいぶ》から神戸市《こうべし》東部《とうぶ》の沿岸部《えんがんぶ》のあたり。

(＊21) **河内《かわち》の国《くに》**：現在の大阪府《おおさかふ》南東部《なんとうぶ》のあたり。

(＊22) **津《つ》の国**：摂津国《せっつのくに》のこと。現在の大阪府《おおさかふ》北中部《ほくちゅうぶ》の大半《たいはん》と兵庫県《ひょうごけん》南東部《なんとうぶ》のあたり。

(＊23) **筑紫《ちくし》**：現在の福岡県《ふくおかけん》の西部《せいぶ》と南部《なんぶ》あたり。

(＊24) **すだれのうちなる人**：御簾《みす》(すだれ)の中にいる人＝身分《みぶん》の高《たか》い人、貴人《きじん》。

(＊25) **これは色好《いろこの》むといふすき者《もの》**：恋愛《れんあい》の情緒《じょうちょ》をよくわかっている風流《ふうりゅう》な人。

(＊26) **東下《あずまくだ》り**：京《きょう》の都《みやこ》を追《お》われて(あるいは都《みやこ》に居《い》づらくなって)東《ひがし》の地方《ちほう》へ落《お》ち延《の》びていくこと。

(＊27) **えう(要《よう》)なき物《もの》**：誰《だれ》からも必要《ひつよう》とされない者《もの》(物《もの》は者《もの》の意《い》)。

(＊28) **東国《あずまのくに》**：関東地方《かんとうちほう》や、東海地方《とうかいちほう》、現在の静岡県《しずおかけん》から関東平野《かんとうへいや》一帯《いったい》と甲信地方《こうしんちほう》を指《さ》す。

(＊29) **孔子《こうし》**：紀元前《きげんぜん》五〇〇年頃《ころ》の中国《ちゅうごく》の思想家《しそうか》。儒教《じゅきょう》の祖《そ》。ヨーロッパではラテン語化《ごか》されてConfuciusとも呼《よ》ばれる。

(＊30) **逝《ゆ》く者《もの》はかくの如《ごと》きか、昼夜《ちゅうや》をおかず**：孔子《こうし》が川《かわ》を眺《なが》めながら言《い》ったことば。「過《す》ぎゆくものは、この川《かわ》の流《なが》れのようであるのだろうか。昼《ひる》も夜《よる》もとどまることなく流《なが》れ去《さ》っていく。」という意味《いみ》。

（＊31）**浅間山《あさまやま》**：現在の長野県《ながのけん》と群馬県《ぐんまけん》の境界《きょうかい》にある火山《かざん》。

（＊32）**俳人芭蕉《はいじんばしょう》**：俳人《はいじん》＝俳句《はいく》を作《つく》る人。芭蕉《ばしょう》＝松尾芭蕉《まつおばしょう》(1644-1694)。江戸時代《えどじだい》の俳人《はいじん》。

（＊33）**そぞろ神《かみ》にさそはれて**：「人の心《こころ》に入《はい》って誘惑《ゆうわく》する神《かみ》に導《みちび》かれて」という意味《いみ》。

（＊34）**三河《みかわ》の国《くに》**：現在の愛知県東部《あいちけんとうぶ》のあたり。

（＊35）**カキツバタ**：五月から六月にかけて紫《むらさき》の花《はな》が咲《さ》く植物《しょくぶつ》の名前《なまえ》。

（＊36）**乾飯弁当《かれいいべんとう》**：：米《こめ》を蒸《む》して乾燥《かんそう》させ、そのまま水《みず》や湯《ゆ》に浸《ひた》して柔《やわ》らかく戻《もど》して食《た》べる。保存性《ほぞんせい》がよく携行食《けいこうしょく》として用《もち》いられた。

（＊37）**駿河《するが》の国《くに》**：現在の静岡県中部《しずおかけんちゅうぶ》のあたり。

（＊38）**山伏《やまぶし》**：山岳地帯《さんがくちたい》で自然《しぜん》の霊力《れいりょく》をつけるために厳《きび》しい修行《しゅぎょう》をしている僧《そう》。神道《しんとう》と仏教《ぶっきょう》とが結《むす》びついた修験道《しゅげんどう》の僧《そう》という意味《いみ》で「修験者《しゅげんじゃ》」ともいう。

（＊39）**比叡山《ひえいざん》**：滋賀県《しがけん》と京都府《きょうとふ》にまたがる山《やま》。標高《ひょうこう》は約《やく》八四八メートル。古《ふる》くから信仰《しんこう》の山であり、八世紀に、最澄《さいちょう》という天台宗《てんだいしゅう》の僧侶《そうりょ》によって寺《てら》が建《た》てられた。その寺《てら》は現在も延暦寺《えんりゃくじ》として続《つづ》いている。

（＊40）**すり鉢《ばち》かぶせ型《がた》**：すり鉢《ばち》は食材《しょくざい》を細《こま》かく擦《す》りぶすための円錐形《えんすいけい》の調理器具《ちょうりきぐ》の一つ。「すり鉢《ばち》かぶせ型《がた》」とは、その円錐《えんすい》のすり鉢《ばち》を伏《ふ》せたような形《かたち》を指《さ》す。

（＊41）**おくだりさん**：「おのぼりさん」の反対《はんたい》の意味《いみ》をもじった表現《ひょうげん》。

（＊42）**隅田川《すみだがわ》**：この当時《とうじ》の「隅田川《すみだがわ》(古隅田川《こすみだがわ》)」とは、現在の荒川《あらかわ》や利根川《とねがわ》、さらにその分流《ぶんりゅう》の下《か》流《りゅう》地域を指《さ》す総称《そうしょう》で関東地方《かんとうちほう》の東北部《とうほくぶ》の境界《きょうかい》か江戸《えど》の下町《したまち》に流《なが》れる河《かわ》であったと考《かんが》えられる。

(＊43) **都鳥《みやこどり》**：チドリ目《もく》ミヤコドリ科《か》に分類《ぶんるい》される鳥類《ちょうるい》の一種《いっしゅ》。カモメ科《か》の「ユリカモメ」のことを古代《こだい》・中世《ちゅうせい》に「ミヤコドリ」と呼《よ》んでいたという説《せつ》がある。ここでは都《みやこ》への思いを体現《たいげん》し象徴《しょうちょう》している。

(＊44) **惟喬親王《これたかしんのう》**：文徳天皇《もんとくてんのう》の第一皇子《だいいちおうじ》(844-897)。

(＊45) **藤原氏《ふじわらし》**：藤原鎌足《ふじわらのかまたり》(614-669)を始祖《しそ》とする日本史上最大《にほんしじょうさいだい》の氏族《しぞく》。皇室《こうしつ》との姻戚関係《いんせきかんけい》を結《むす》び権勢《けんせい》を誇《ほこ》った。現在《げんざい》も藤原家《ふじわらけ》の血筋《ちすじ》を引《ひ》く一族《いちぞく》が集《あつ》まりを持《も》っている。

(＊46) **どっかと**：どっかりと。重々《おもおも》しく腰《こし》を下《お》ろす様子《ようす》を表《あらわ》す擬態語《ぎたいご》。

(＊47) **交野《かたの》**：ここでは、現在《げんざい》の大阪府北東部《おおさかふほくとうぶ》の枚方市《ひらかたし》、交野市《かたのし》の一帯《いったい》を指《さ》す。

(＊48) **渚《なぎさ》の家《いえ》**：惟喬親王《これたかしんのう》が交野《かたの》が原《はら》での狩《か》りの際《さい》に用《もち》いた別荘《べっそう》とされる場所《ばしょ》。「渚《なぎさ》の院《いん》」ともいわれ、現在は石碑《せきひ》が建《た》てられている。

(＊49) **天《あま》の河《がわ》**：「交野《かたの》が原《はら》」を流《なが》れていた川《かわ》の名称《めいしょう》。現在《げんざい》は「天野川《あまのがわ》」と呼《よ》ばれ、交野市《かたのし》、枚方市《ひらかたし》を流《なが》れる。

(＊50) **紀有常《きのありつね》**：平安時代《へいあんじだい》の貴族《きぞく》(815-877)。

(＊51) **たなばたつ女《め》**：神《かみ》の怒《いか》りによって、天《あま》の川《がわ》のこちら側《がわ》とあちら側《がわ》に引《ひ》きさかれた男女《だんじょ》が、一年に一度だけ会《あ》うことが許《ゆる》されるという伝説《でんせつ》(七夕伝説《たなばたでんせつ》)に出《で》てくる女《おんな》のこと。

(＊52) **後撰和歌集《ごせんわかしゅう》**：第六十二代村上天皇《むらかみてんのう》(在位《ざいい》：946-967)の命令《めいれい》によって平安時代中期《へいあんじだいちゅうき》につくられた和歌《わか》を集《あつ》めた本。

(＊53) **五七五七七《ごしちごしちしち》**：和歌《わか》に使《つか》われる音《おと》の数《かず》の原則《げんそく》の形式《けいしき》。おしなべて(5)みねもたいらに(7)なりななん(5)やまのはなくば(7)つきもいらじを(7)。

(＊54) **小野《おの》の庵室《あんしつ》**：当時世俗《とうじせぞく》を逃《のが》れて住《す》む場所《ばしょ》として知《し》られていた比叡山麓《ひえいざんふもと》の小野《おの》にある庵室《あんしつ》(＝僧《そう》

や尼《あま》や世俗《せぞく》のつきあいを捨《す》てた人の住《す》まい)。

(＊55) **作《つく》り設《もう》け(がない)**：ここでは、誇張《こちょう》した表現《ひょうげん》や特別《とくべつ》の言《い》い方《かた》など(がない)。

(＊56) **べらべら**：深《ふか》く考《かんが》えもしないで勢《いきお》いよく話《はな》す様子《ようす》を表《あらわ》す擬態語《ぎたいご》。

(＊57) **もうもう**：自分《じぶん》の考《かんが》えや感情《かんじょう》などを強《つよ》める表現《ひょうげん》の「もう」を三回重《かさ》ねて気持《きも》ちの強《つよ》さを表現《ひょうげん》している。

(＊58) **消《き》え入《い》る**：ここでは「死《し》ぬ」の意味《いみ》。

(＊59) **巧言令色鮮《こうげんれいしょくすくな》し仁《じん》**：話《はなし》がうまく(巧言《こうげん》)、他人《たにん》に好《す》かれようと愛想《あいそ》のよい表情《ひょうじょう》を作《つく》る(令色《れいしょく》)人に、誠実《せいじつ》な(仁《じん》)人は少《すく》ない。

(＊60) **剛毅《ごうき》木訥仁《ぼくとつじん》に近《ちか》し**：意志《いし》が強《つよ》く(剛毅《ごうき》)、口数《くちかず》が少《すく》なく素朴《そぼく》で飾《かざ》らない(木訥《ぼくとつ》)人は、「仁《じん》」という理想《りそう》に近《ちか》い。

■ 著者紹介 ■

林 四郎（はやし　しろう）

1922年東京生まれ。東京大学文学部国文学科卒業。早稲田中学校・高等学校教諭を経て、1953年国立国語研究所所員。1973年筑波大学教授、1985年定年退官。1985年北京日本学研究センター主任教授、1988年退任。1988年明海大学教授、1996年退職。筑波大学名誉教授。国立国語研究所名誉所員。

主な著作

『ことばと生活の事典』（福村書店 1957）
『基本文型の研究』（明治図書出版 1960 ／ひつじ書房 2013）
『漱石の読みかた』（至誠堂 1965）
『文の姿勢の研究』（明治図書出版 1973 ／ひつじ書房 2013）
『言語行動の諸相』（明治書院 1978）
『文章論の基礎問題』（三省堂 1998）
『古今和歌集―四季の歌でたどる日本の一年』（みやび出版 2008）
『古今和歌集恋の歌が招く。―歌々は想い、歌集は流れる。』（みやび出版 2009）
『パラダイム論で見る句末辞文法論への道』（みやび出版 2010）

■ シリーズ編者紹介 ■

砂川有里子：筑波大学名誉教授
砂川裕一：群馬大学名誉教授
アンドレイ・ベケシュ：リュブリャーナ大学文学部 教授

日本語学習者のための 日本研究シリーズ 3
Japan Studies for Japanese Learners

日本古典の花園を歩く

2016年 4月5日　第1刷発行

著者　林四郎

シリーズ編者　砂川有里子，砂川裕一，アンドレイ・ベケシュ

発行　株式会社 くろしお出版
〒113-0033 東京都文京区本郷 3-21-10
TEL 03-5684-3389　FAX 03-5684-4762
URL http://www.9640.jp
E-mail kurosio@9640.jp

印刷所　藤原印刷株式会社

装丁　庄子結香（カレラ）

翻訳者　Anubhuti Chauhan（英語）
劉雅静（中国語）
林始恩（韓国語）

ISBN978-4-87424-694-8 C0081